Henriette Wich

Die drei !!!

Krimi-Dinner

KOSMOS
bei CARLSEN

Außerdem in der Reihe *Die drei !!!* im Carlsen Verlag lieferbar:
Die drei !!! – Die Maske der Königin
Die drei !!! – Filmstar in Gefahr / Tanz der Hexen
Die drei !!! – Gefahr im Reitstall
Die drei !!! – Geheimnis der alten Villa
Die drei !!! – Im Bann des Tarots
Die drei !!! – Jagd im Untergrund
Die drei !!! – Kuss-Alarm
Die drei !!! – Skandal auf dem Laufsteg
Die drei !!! – Skandal im Café Lomo!
Die drei !!! – Tatort Geisterhaus / Skaterfieber
Die drei !!! – Tatort Paris
Die drei !!! – Total verknallt!
Die drei !!! – VIP-Alarm

FSC www.fsc.org
MIX
Papier aus verantwortungsvollen Quellen
FSC® C083411

Veröffentlicht im Carlsen Verlag
September 2020
Mit freundlicher Genehmigung des Franckh-Kosmos Verlages

www.kosmos.de
Umschlagbild: Anike Hage
Umschlaggestaltung: formlabor
Corporate Design Taschenbuch: bell étage
ISBN 978-3-551-31907-4

Die drei !!!

Krimi-Dinner

Mörderische Neuigkeiten

Auf dicken Gummisohlen lief Reinhold Hofer lautlos durch die nächtlichen Straßen der Innenstadt. Er hatte die Hände tief in den Hosentaschen vergraben. Das Licht der Straßenlaterne fiel auf sein bleiches Gesicht, auf dessen Kinn dunkle Bartstoppeln schimmerten. Hofers Hand schloss sich um den glatten Griff seiner Pistole. Ruhig näherte er sich seinem Ziel und zog langsam die Waffe aus der Tasche. Keiner der Passanten bemerkte das leise Geräusch, als er die Pistole entsicherte. Keiner, bis auf Kriminalkommissar Obertauber, der vor dem Schmuckgeschäft stand und ein Armband für seine Frau aussuchte. Obertauber drehte sich um. Dieses Gesicht kannte er nur zu gut. Hofers Foto hing seit Wochen überall im Präsidium. Reinhold Hofer, wegen Mordes angeklagt, geflohen aus der Untersuchungshaft und seither wie vom Erdboden verschluckt. Das Blut rauschte in den Ohren des Kriminalkommissars. Ansonsten hörte er nichts. Als ob die Innenstadt auf einmal in Watte gepackt wäre.

»Waaaauuu!« Ein heiseres Bellen zerriss die Stille.

Zwanzig Jugendliche, die eben noch gebannt an Kims Lippen gehangen hatten, fuhren herum. Ein Mädchen schrie leise auf. Vor Schreck ließ Kim ihr Manuskript fallen. Das oberste Blatt segelte in die Tiefe. Es hatte noch nicht den Boden berührt, da schoss ein wuscheliger schwarz-weißer Hund unter dem Tisch hervor und schnappte danach.

»Pablo!«, rief Kim empört. »Was soll das denn jetzt?«

Zu spät. Der Hund ihrer Zwillingsbrüder Ben und Lukas

te das Papier fest zwischen den Zähnen. Knurrend verteidigte er seine Beute.

»Aus, Pablo!«, rief Kim streng. »Gib das sofort her.«

Pablo sah Kim unschlüssig an. In seinen treuherzigen, kaffeebraunen Augen mischten sich Stolz, Empörung und ein Anflug von schlechtem Gewissen. Schließlich siegte das schlechte Gewissen. Pablo machte das Maul auf und gab die Beute frei. Mit spitzen Fingern nahm Kim das angesabberte Blatt Papier. Sie legte es neben den kleinen Stapel der anderen Papiere und warf einen Blick ins Publikum. Einige grinsten nach dem kurzen Schreck amüsiert, andere waren wegen der Unterbrechung leicht genervt. Alle starrten sie an und warteten auf ihre Reaktion. Wie peinlich!

»Entschuldigung«, murmelte Kim. »Ich lese gleich weiter.«

Mit unmissverständlichen Zeichen gab sie Pablo zu verstehen, dass er sich wieder unter den Tisch legen sollte. Endlich gehorchte er.

Warum hatte sie sich bloß von Ben und Lukas breitschlagen lassen, den Hund zu ihrer Krimi-Lesung im Jugendzentrum mitzunehmen? Wo doch schon vorher offensichtlich gewesen war, dass es nur schiefgehen konnte. Pablo hatte einen großen Bewegungsdrang. Heute waren Ben und Lukas nur zweimal ganz kurz mit ihm Gassi gegangen. Ihre ursprüngliche Begeisterung für die Versorgung ihres Hundes hatte in letzter Zeit stark nachgelassen, und das musste die übrige Familie ausbaden. Aber darüber sollte sie vielleicht später nachdenken und sich jetzt wieder auf ihre Lesung konzentrieren.

Kim räusperte sich verlegen. »Ich wiederhole noch mal die

letzten drei Sätze«, kündigte sie den Zuhörern an. »Das Blut rauschte in den Ohren des Kriminalkommissars. Ansonsten hörte er nichts. Als ob die Innenstadt auf einmal in Watte gepackt wäre. Obertauber folgte mit den Augen der Richtung, in die die Pistolenmündung zeigte. Dann sah er den Mann. Der Kriminalkommissar rannte auf ihn zu. Er musste ihn retten …«

»Das war genial!« – »Ich hab richtig Gänsehaut bekommen.« – »Kann man deinen Krimi auch als Buch kaufen?« – »Gibt's da auch einen Film zu?«

Nach der Lesung scharten sich die Zuhörer neugierig um den Lesungstisch. Kim ärgerte sich immer noch über ihre Brüder. Sie waren schuld, dass sich nach der Unterbrechung keiner mehr voll konzentrieren konnte. Die knisternde Spannung im Publikum hatte sich leider nicht mehr eingestellt. Kim lächelte trotzdem freundlich und beantwortete geduldig alle Fragen. Nein, es gab kein gedrucktes Buch und keinen Film, aber Kim hatte ihre Krimi-Kurzgeschichte auf *News4Teens* zum Download gestellt.

»Cool!«, riefen Johanna und Helene, zwei Mädchen aus ihrer Schule. Johanna wollte unbedingt, dass Kim ihr ein Autogramm auf den Arm schrieb.

»Äh … ja, okay.« Kim erfüllte den Wunsch, kam sich dabei aber ziemlich komisch vor.

Ein Junge zog sein Handy heraus. »Hast du was dagegen, wenn mein Freund ein Foto von dir und mir macht?«

Kim war so überrumpelt, dass sie zustimmte. Aber als andere plötzlich auch Fotos mit ihr haben wollten, lehnte sie entschieden ab. »So viel Zeit habe ich leider nicht. Tut mir echt leid.« Langsam wurde ihr der Rummel um ihre Person zu viel. Sie stand nicht gerne im Mittelpunkt.

Kim packte ihre Sachen in den Rucksack und stellte erleichtert fest, dass sich der Saal leerte. Die übrigen Zuhörer verteilten sich auf die anderen Räume des Jugendzentrums oder gingen nach Hause.

Kim verließ mit Pablo an der Leine als Letzte den Raum. Vor dem Schwarzen Brett im Gang zog sie ihre Jacke an. Dabei fiel ihr Blick auf einen neuen Aushang.

Das Krimi-Dinner
Ein mörderischer Samstag
Wer kocht gerne?
Wer hat Lust auf ein leckeres Menü?
Wer löst das Krimi-Rätsel und findet den Mörder?
Diesen Tag wirst du nicht vergessen.
Spannung garantiert!!!
Anmeldungen online oder im Büro des Jugendzentrums
Achtung: Nur noch drei Plätze frei!

Kim lächelte. Schlagartig bekam sie wieder gute Laune. Was für eine tolle Idee! Die hätte auch von den drei !!! stammen können. Kim ging mit entschlossenen Schritten zum Büro hinüber. Als Chefin des Detektivclubs musste man manchmal schnelle Entscheidungen treffen – und ihre Entscheidung war längst gefallen: Sie würde sich selbst und ihre Detektivkolleginnen Marie und Franzi anmelden, bevor jemand anders ihnen die Plätze wegschnappte.

»Bin wieder daheim!« Kim kickte ihre Schuhe von den Füßen, schlüpfte aus der Jacke und hängte sie an die Garderobe im Flur.
Pablo quetschte sich an ihr vorbei und sauste sofort in die Küche. Von dort roch es verlockend nach Bratkartoffeln und Spiegeleiern.
Herr Jülich stand in einer grasgrünen Kochschürze am Herd und wendete gekonnt die Kartoffeln in der Pfanne. »Hallo, Kim! Du kannst gleich dableiben.« Er legte den Kochlöffel weg und formte die Hände vor dem Mund zu einem Trichter. »Ben, Lukas, Abendessen ist fertig!«
Normalerweise dauerte es nach einer solchen Ankündigung keine zwei Sekunden, bis die Zwillinge mit Indianergeheul die Küche stürmten, aber heute ließen sie seltsamerweise auf sich warten.
»Sind die Jungs krank?«, erkundigte sich Kim.
Herr Jülich schüttelte den Kopf. »Nicht dass ich wüsste.«
Kim wurde misstrauisch. Wenn ihre Brüder sich ruhig verhielten, stimmte irgendwas nicht. Entweder heckten sie dann gerade einen neuen Streich aus oder sie hatten sich in Kims Zimmer geschlichen, um am Computer ihrer Schwester heimlich ein Computerspiel zu spielen.
Kim wollte schon nachsehen, als ihre Mutter in die Küche kam. Sie trug ein schickes graues Kostüm mit weißer Bluse und hatte die Haare zu einem Knoten aufgesteckt. »Mmmh … riecht's hier aber gut! Du bist ein Schatz.« Sie legte ihrem Mann von hinten die Arme um die Schultern. »War das mühsam heute! Ich kann keine Stundenpläne mehr sehen.«
Kims Mutter war seit Beginn des neuen Schuljahres Rekto-

rin an ihrer Schule und nahm ihren verantwortungsvollen Job sehr ernst. Früher hatte sie fast täglich Kims Hausaufgaben kontrolliert oder die Englischvokabeln abgehört. Dazu kam sie inzwischen zum Glück kaum noch.
»Jetzt ist Wochenende. Genieße es und erhol dich«, sagte Herr Jülich. Er stellte die Pfanne mit den Bratkartoffeln auf den Tisch, rückte seiner Frau liebevoll den Stuhl zurecht und setzte sich.
In dem Moment tauchten Ben und Lukas doch noch auf. Sie hatten ein Buch dabei, nahmen es mit auf die Eckbank und verschanzten sich dahinter.
Kim runzelte die Stirn. Ihre Brüder rissen sich normalerweise überhaupt nicht ums Lesen. »Das Buch muss ja echt spannend sein«, bemerkte sie spöttisch und versuchte, den Titel zu entziffern: *Geheime Botschaften und wie du sie entschlüsselst.*
Ben schaute kurz hinter dem Buch hervor und sah Kim herausfordernd an. »Ist es auch. Wusstest du übrigens, dass Jungs viel logischer denken können als Mädchen? Deshalb sind sie auch die besseren Detektive.«
»Ist das so?« Kim zog ihre linke Augenbraue hoch. »Wie kommt es dann, dass ihr zwei Blitzmerker noch keinen einzigen Fall gelöst habt und die drei !!! schon über 50 Verbrecher überführt haben?«
»Wir hatten eben bisher keine Lust, Detektiv zu spielen«, gab Lukas schlagfertig zurück. »Aber das ändert sich ab heute, lass dich überraschen.«
»Kann's kaum erwarten.« Kim lud sich mit großer Gelassenheit eine Portion Bratkartoffeln auf ihren Teller, während Pablo geduldig neben ihrem Platz wartete, ob sie ihm etwas

vom Essen abgeben würde, was sie natürlich nicht tat. Pablo hatte gerade eben einen großen Napf Hundefutter verputzt.
»Ben, Lukas?«, sagte Frau Jülich streng. »Beim Essen legt ihr das Buch aber weg.«
»Ja, gleich …«, nuschelte Ben.
»Sofort.«
»Manno!«, beschwerte sich Lukas. »Das ist ja wie im Gefängnis hier. Alles, was Spaß macht, ist verboten.«
»Nicht alles.« Kim sah ihre Brüder scharf an. »Mit Pablo könnt ihr jederzeit spielen. Falls ihr euch noch daran erinnern könnt, dass ihr einen Hund habt. Wolltet ihr mir übrigens nicht noch was sagen? Ich hab mich den ganzen Nachmittag um Pablo gekümmert. Er hat meine Lesung im Jugendzentrum gestört und bei der spannendsten Szene laut gebellt. Das war echt peinlich. Ich hoffe, ihr seid mir wenigstens dankbar für meinen Einsatz.«
Ben grinste Kim frech an. »Planschkuh!«
»Ben!«, ermahnten Herr und Frau Jülich ihren Sohn im Chor.
Jetzt hatten die Zwillinge den Bogen überspannt. Kim platzte der Kragen. »Ihr seid so was von doof! Nur zu eurer Information: Das war heute das allerletzte Mal, dass ich auf euren Hund aufgepasst habe.«
»Verräterin!«
»Schnarchnasen!«
»Tieffliegerin!«
Pablo fing an, laut zu bellen, weil er dachte, dass der Streit ein neues Spiel war. Frau Jülich hielt sich die Ohren zu. »Hört auf damit, alle miteinander!«

»Möchte noch jemand das letzte Spiegelei?«, fragte Herr Jülich in die plötzlich auftretende Stille hinein.
Sofort schnappten sich die Zwillinge ihre leeren Teller und streckten sie ihrem Vater entgegen. Pablo beruhigte sich wieder und gab die Hoffnung nicht auf, dass er diesmal einen Leckerbissen abbekommen würde.
Kim betrachtete kopfschüttelnd ihre Zwillingsbrüder. Nicht zum ersten Mal wünschte sie sich von ganzem Herzen, ein Einzelkind zu sein. Aber der Zug war leider bereits vor zehn Jahren abgefahren, als Ben und Lukas das Licht der Welt erblickt hatten.
Während die Zwillinge jeweils zufrieden an ihrem halben Spiegelei kauten, zog Herr Jülich seine Kochschürze aus und lehnte sich lächelnd zurück. »Ich muss sagen, mein neues Leben gefällt mir ausgesprochen gut. Allein in der letzten Woche habe ich vier Aufträge aus der Nachbarschaft für Kuckucksuhren bekommen.«
»Das freut mich sehr für dich«, sagte Brigitte Jülich stolz. »Siehst du, es war die richtige Entscheidung, deinen Job beim Juwelierladen zu kündigen und dich mit deinem Hobby selbstständig zu machen!«
Herr Jülich zwinkerte seiner Frau zu. »Das war es wirklich. Wie gut, dass ich auf deinen Rat gehört habe. Obwohl ich den leisen Verdacht habe, du hast es nur getan, damit ich in Zukunft den kompletten Haushalt erledige.«
»Von komplett war nie die Rede«, verteidigte sich Frau Jülich. »Aber natürlich bin ich froh um jede Entlastung.«
Kim gähnte verstohlen hinter ihrer Hand. »Ich geh dann mal nach oben, bin schon total müde.«

In Wirklichkeit hatte sie nur einfach keine Lust mehr auf langweilige Erwachsenengespräche. Da schrieb sie lieber Tagebuch.

Detektivtagebuch von Kim Jülich
Samstag, 20:03 Uhr
Ausnahmsweise macht es mir überhaupt nichts aus, dass zurzeit kein Fall in Sicht ist. Ich bin jetzt noch völlig geschafft von unseren letzten Ermittlungen rund um das Verschwinden unseres Freundes und Lieblingssängers Tom. Wenn ich nur daran denke, dass unser Detektivclub zum ersten Mal unter Verdacht stand, ein Verbrechen begangen zu haben. Natürlich völlig unvorstellbar, aber das mussten wir der Polizei erst mal beweisen – und all den anderen Leuten in der Schule und im Jugendzentrum, die der Presse glaubten und uns für schuldig hielten.
Ich finde, das Krimi-Dinner kommt gerade zur rechten Zeit. Wir können uns als Detektivinnen betätigen, ohne Nervenkitzel und ernste Gefahr – einfach perfekt. Ich freu mich schon darauf.
Erst wollte ich Marie und Franzi gleich anrufen und ihnen Bescheid geben, aber inzwischen hab ich es mir anders überlegt. Ich werde sie mit dem Krimi-Dinner bei unserer nächsten Clubsitzung überraschen. Die werden Augen machen!

Geheimes Tagebuch von Kim Jülich
Samstag, 20:18 Uhr
Hinweis für alle männlichen Detektivanfänger, die sich für oberschlau halten: Dieses Tagebuch ist mit einer Geheimbotschaft gesichert. Wer den Code knackt, löst damit eine Zeitbombe aus. Die Uhr tickt …

Jetzt habe ich Michi schon eine Woche lang nicht gesehen! Ich vermisse ihn soooo sehr!!! Natürlich verstehe ich, dass er für die Abschlussprüfungen seiner Ausbildung viel lernen muss. Andererseits sollte er auch auf seine Gesundheit achten. Es heißt doch immer, dass Menschen kürzer leben, die nicht jeden Tag umarmt oder geküsst werden.
Gerade fällt mir was Geniales ein, wie ich Michi trotzdem beim Lernen stören kann. Ich werde ihm Süßigkeiten als Nervennahrung kaufen und vorbeibringen. Da kann er schlecht Nein sagen. Ja, das ist gut, hihi! Michi, du bist der liebste, beste, süßeste Junge auf der ganzen Welt!
Wer überhaupt nicht süß ist, das sind Ben und Lukas. Heute haben sie einen Riesenfehler gemacht. In Zukunft werde ich garantiert nicht mehr auf Pablo aufpassen. Da können sie tausendmal »Bitte, bitte« sagen und sich bei mir entschuldigen. Ich werde hart bleiben. Dass sich die zwei jetzt auch noch als Detektive aufspielen, ist echt nervig. Sie sollten lieber wieder Fußball spielen, statt alles nachzumachen, was ihre große Schwester tut. Aber wie ich sie kenne, wird ihnen das Ganze sowieso schnell langweilig.
Michi, morgen fliegt die Süßigkeiten-Fee zu dir!

Ein Spion im Hauptquartier

»Hallo, Franzi! Hey, hab ich irgendetwas verpasst? Planst du heute noch eine Party?« Kim betrat den Pferdeschuppen und lief neugierig zum Tisch des Hauptquartiers, auf dem drei große Kuchen standen.

Franzi grinste. »Keine Sorge, du hast nichts verpasst. Eher im Gegenteil. Ein Stammkunde meiner Mutter hat kurzfristig seine Bestellung stornieren müssen. Bezahlt hat er natürlich trotzdem und wir dürfen die Kuchen essen. Nicht schlecht, oder?«

»Super!« Kim konnte es kaum erwarten.

Der Kuchenservice von Frau Winkler war wirklich eine tolle Idee. Schon früher hatte Franzis Mutter hin und wieder ihren berühmten Kirschkuchen für die Detektivinnen gebacken, aber inzwischen probierte sie fast jeden Tag ein neues leckeres Rezept aus.

»Bienenstich, Pflaumentorte und Käsekuchen.« Kim verdrehte verzückt die Augen. »Da weiß ich gar nicht, welchen ich zuerst probieren soll.«

»Du kannst es dir ja in Ruhe überlegen, bis Marie kommt.« Franzi goss Früchtetee in zwei Becher. »Sie ist mal wieder zu spät. Typisch!

Marie hatte neben dem Detektivclub noch einige weitere Hobbys und immer einen vollen Terminkalender. Sie nahm Gesangs- und Schauspielstunden und trieb außerdem viel Sport.

»Bin gespannt, was sie diesmal für eine Ausrede hat.« Kim

pustete vorsichtig in ihre Tasse, um den heißen Tee abzukühlen. Dabei wanderte ihr Blick durch den hellen Raum.
Mit der Pferdekutsche, dem Bollerofen, dem Teppich und den schönen Vorhängen sah es hier total gemütlich aus. Heute hatte Franzi auch noch einen großen, bunten Blumenstrauß aufs Fensterbrett gestellt.
»Die sind aber schön«, sagte Kim. »Hast du die selbst gepflückt?«
Franzi nickte. Ihre Augen füllten sich mit Tränen. »Heute wäre Oma Lottis Geburtstag gewesen.«
»Oh! Ja, stimmt, ich erinnere mich«, sagte Kim leise.
Franzis Großmutter war auch für Kim und Marie ein besonderer Mensch gewesen. In ihrem Haus in Billershausen hatten die drei !!! gerne mit Oma Lotti Krimis geschaut und sich von ihr mit selbst gebackenen Waffeln und ihrer köstlichen Erdbeermarmelade verwöhnen lassen. Doch dann hatte Oma Lotti einen Schlaganfall gehabt, von dem sie sich nicht mehr erholt hatte, und war vor fünf Monaten gestorben.
»An solchen Tagen ist es besonders schlimm, oder?«, fragte Kim mitfühlend.
»Ja, schon …«, antwortete Franzi mit erstickter Stimme. Sie holte ein Papiertaschentuch heraus und wischte sich die Tränen ab. »Vorhin war ich noch mit Chrissie an Omas Grab und hab es mit Blumen und einem Hufeisen von Tinka geschmückt.«
Kim nahm Franzi in den Arm. »Darüber hat sie sich bestimmt gefreut. Ich stelle mir oft vor, dass sie irgendwo da oben im Himmel ist und uns immer noch sehen kann.«
»Ja, das glaube ich auch.« Ein kleines Lächeln stahl sich in

Franzis Gesicht. »Wahrscheinlich kann sie es kaum fassen, dass ich mich schon seit zwei Wochen nicht mehr mit Chrissie gestritten habe. Das ist absoluter Rekord.«
Kim kicherte. »Gratulation! Wie habt ihr das denn geschafft? Sonst ist sie doch so zickig und lässt keine Gelegenheit aus, dich zu ärgern.« In der Hinsicht waren sich Franzis sechzehnjährige Schwester und Kims zehnjährige Zwillingsbrüder verblüffend ähnlich.
Franzi löste sich aus Kims Umarmung. »Lass uns von was anderem reden. Wie geht es denn …«
Weiter kam sie nicht. Ein scharrendes Geräusch vor dem Pferdeschuppen machte sie sofort hellhörig.
»Was war das?«, flüsterte Kim.
Franzi zuckte mit den Schultern. »Keine Ahnung.«
Das Geräusch klang nach jemandem, der sich heimlich vor dem Pferdeschuppen herumdrückte. Jemand, der vorhatte, die drei !!! auszuspionieren? Na warte, dachte Kim, der kann was erleben.
Sie gab Franzi wortlos ein Zeichen und schlich mit ihr auf Zehenspitzen zum Eingang. Franzi versteckte sich hinter dem Türrahmen und Kim riss mit einem Ruck die Tür auf, die in das große Tor eingelassen war.
»Halt, stehen bleiben!«, rief sie laut.
Franzi schoss jetzt auch heraus, um ihre Freundin zu unterstützen. »Zutritt strengstens verboten!«
Kim blickte auf den menschenleeren Hof. Seltsam! War da wirklich niemand?
Franzi konnte auch erst niemanden sehen – bis sie hinunter auf den Boden schaute. Ein Baby krabbelte auf sie zu. Fröh-

lich patschte es mit den Händen auf den Boden und brabbelte dabei vor sich hin.

»Finn! Das gibt's ja wohl nicht. Hallo, kleiner Mann!« Franzi schüttelte lachend den Kopf.

Hinter dem Baby tauchte Marie auf. Sie hatte gerade ihr Mountainbike mit angekoppeltem Fahrradanhänger abgestellt und war schwer bepackt. Über der rechten Schulter baumelte eine große Wickeltasche, über der linken Schulter hingen ihre neue türkisfarbene Handtasche und ein Seidenschal.

»Tut mir leid, dass ich zu spät bin, aber bei uns zu Hause gab es einen Babysitter-Notfall«, entschuldigte sie sich.

Kim nahm Maries kleinen Bruder vorsichtig auf den Arm und trug ihn ins Hauptquartier. »Dann kommt mal rein, ihr zwei. Du fängst ja früh als Spion an, Finn! Ganz schön clever, muss ich sagen.«

Finn gluckste vergnügt und zeigte dabei seine ersten zwei Zähnchen. Franzi zückte sofort ihr Handy und knipste ein Foto nach dem anderen. Maries zehn Monate alter Bruder war einfach zu süß. Er hatte rosige Pausbacken und niedliche pummelige Ärmchen und Beinchen.

Marie lud mit einem Seufzer ihr Gepäck ab. »Ihr könnt euch nicht vorstellen, was bei uns für ein Chaos herrscht! Tessa und Papa haben beide berufliche Termine, unser Au-pair-Mädchen Natascha ist krank geworden und Lina musste unbedingt zu ihrer Kletter-AG. Ich wollte ihr klarmachen, dass meine Clubsitzung tausendmal wichtiger ist, aber in ihren Dickkopf ging diese Tatsache einfach nicht rein.«

Kim musste lachen. In Maries Patchworkfamilie war immer was los. Tessa, die Partnerin von Helmut Grevenbroich, hat-

te eine zehnjährige Tochter, mit der Marie ziemlich oft aneinandergeriet. Seit Finn auf die Welt gekommen war, das gemeinsame Kind von Helmut und Tessa, hatte sich der Lärmpegel in der alten Villa noch mal deutlich erhöht.
»Setz ihn doch mal in die Pferdekutsche«, schlug Franzi vor, die nach neuen Hintergrund-Motiven für ihre Fotos Ausschau hielt.
»Ri, ra, rutsch, wir fahren mit der Kutsch'!«, sang Kim und bettete Finn auf das weiche Polster der alten Pferdekutsche.
In der Kutsche war es dunkel. Das schien Finn überhaupt nicht zu gefallen. Sofort brüllte er los.
»Schsch!«, versuchte Kim ihn zu beruhigen. »Keine Angst, Kleiner! Wir gehen ja wieder raus aus der blöden Kutsche. Schau, hier am Tisch ist es viel heller. Na, wie gefällt es dir da?« Sie setzte sich auf einen Stuhl und nahm Finn auf den Schoß.
Nach einer Weile hörte er auf zu schreien. Bald brabbelte er wieder in seiner Babysprache vor sich hin.
Franzi knipste weiter Fotos und streichelte zwischendrin immer wieder Finns Wange. »Hast du ein Glück, Marie!« Sie legte ihr Handy kurz ab und ein Hauch von Neid schwang in ihrer Stimme mit. »Du kannst Finn den ganzen Tag knuddeln.«
»Ja, das ist toll«, bestätigte Marie. »Aber die Nächte sind weniger toll. Finn schläft nämlich leider noch nicht durch. Wenn er nachts losbrüllt, muss ich Ohrstöpsel benutzen und kann oft trotzdem nicht gleich weiterschlafen.«
Kim tippte nacheinander auf die winzigen Finger des Babys. »Das ist der Daumen, der schüttelt die Pflaumen …« Sie

unterbrach ihr Fingerspiel und wandte sich an Marie. »Aber zurückgeben würdest du ihn auch nicht, oder?«
»Niemals!«, beteuerte Marie. »Komm, liebster Finn, komm zu mir.« Ihr kleiner Bruder streckte seine Ärmchen aus und konnte es kaum erwarten, bei Marie zu sein. Er kuschelte sich an ihren Hals, aber nicht lange. Jetzt hatte er nämlich die Kuchen entdeckt und grapschte nach dem Bienenstich.
»Stopp!«, rief Marie streng. »Kuchen ist noch nichts für dich. Warte kurz, ich hab deinen Brei dabei.« Sie zog ein Gläschen mit Obstbrei, ein Lätzchen und einen Plastiklöffel aus der Tasche.
Finn wollte nicht gefüttert werden. Er bestand darauf, selbst zu essen. Bei seinen Versuchen, den Löffel zum Mund zu führen, verfehlte er oft das Ziel, aber das störte ihn überhaupt nicht. Unermüdlich probierte er es weiter.
»Toll machst du das!«, lobte Franzi.
Schließlich hatte Finn es geschafft, das Gläschen war leer. Maries Bruder ließ den Löffel aus der Hand fallen, blinzelte und war im nächsten Augenblick eingeschlafen.
»Ist das süß!«, seufzte Kim.
Franzi holte eine Decke, Marie legte das Baby behutsam darauf und deckte es mit einem Tuch zu. Gerührt betrachteten die Freundinnen Finn beim Schlafen.
»Und was machen wir jetzt?«, flüsterte Franzi. »Sollen wir in mein Zimmer gehen, damit wir ihn nicht stören?«
Marie lehnte das Angebot ab. »Nicht nötig. Wenn Finn schläft, kann man sich ganz normal unterhalten. Er wacht davon nicht auf.«
»Prima«, freute sich Kim. »Dann eröffne ich hiermit unsere

Clubsitzung. Zuerst mal sollten wir uns stärken, um unsere Gehirnzellen zu aktivieren.«

Franzi schnitt die Kuchen in kleine Stücke, damit man von jedem probieren konnte.

»Hmm, die Pflaumentorte schmeckt himmlisch!«, schwärmte Kim. »Ich habe übrigens eine große Neuigkeit für euch, aber ich will mich nicht vordrängeln. Ist euch was aufgefallen in letzter Zeit? Ist euch irgendeine verdächtige Person über den Weg gelaufen?«

»Bei mir war nichts Besonderes los«, berichtete Franzi.

Marie hatte auch keinen neuen Fall zu vermelden. »Ehrlich gesagt, bin ich ganz froh darüber«, gestand sie. »So hab ich mehr Zeit für Holger. Wir machen gemeinsam Parkouring. Dabei lassen wir uns von keinem Hindernis aufhalten und klettern über Mauern und Briefkästen, um so schnell wie möglich von A nach B zu kommen. Holger ist ein toller Lehrer. Wenn ich was gut gemacht habe, belohnt er mich mit einem Kuss – und anscheinend mache ich ziemlich oft etwas gut.« Marie wurde rot.

»Klingt toll«, sagte Kim. »Michi ist leider gerade voll im Lernstress. Wir sehen uns viel zu selten.«

»Aber ihr seid zusammen und glücklich.« Ein Schatten flog über Franzis Gesicht.

Kim bekam ein schlechtes Gewissen. »Ja, wir sind glücklich. Tut mir leid, Franzi! Marie und ich wollten dir nicht wehtun.«

Franzis Trennung von Felipe war erst einen Monat her und es tat immer noch weh. Der eifersüchtige Felipe und die temperamentvolle Franzi – das war auf Dauer nicht gut gegangen.

»Schon gut«, murmelte Franzi. »Der Liebeskummer ist zum Glück nicht mehr ganz so heftig wie am Anfang, aber ein Teil meines Herzens hängt trotzdem noch sehr an ihm.«

Es wurde still im Hauptquartier. Nur Finns gleichmäßige Atemzüge waren zu hören. Dann räusperte sich Marie. »Wenn wir irgendwas für dich tun können, also ... du musst es nur sagen, ja?«

»Das ist lieb von euch«, bedankte sich Franzi. »Aber zurzeit lenke ich mich am liebsten mit anderen Dingen ab. Das hilft. Kim, jetzt rück endlich raus mit deiner Neuigkeit!

»Okay.« Kim ließ den letzten Bissen ihrer Pflaumentorte auf der Zunge zergehen und legte sorgfältig ihre Kuchengabel ab. »Stellt euch vor, ich habe die letzten drei Karten fürs Krimi-Dinner im Jugendzentrum ergattert! Am Samstag um zwölf Uhr geht's los.«

»Am Samstag?« Marie verzog den Mund. »Tut mir leid, da hab ich schon was vor.«

»Und was bitte schön?«, hakte Kim überrascht nach.

Prompt war Marie beleidigt. »Ich bin mit einer Mitschülerin zum Shoppen verabredet. Wir haben das schon ewig ausgemacht. Du hättest mir früher Bescheid geben müssen. Warum hast du überhaupt die Karten gekauft, ohne uns vorher zu fragen?«

»Weil ich dachte, ihr freut euch«, sagte Kim. »Ich dachte, ihr seid genauso begeistert wie ich, und wollte euch damit überraschen. Schade, dann muss ich allein hingehen.« Sie konnte ihre Enttäuschung nicht verbergen.

Franzi schüttelte energisch den Kopf. »So ein Quatsch! Natürlich gehen wir alle drei hin. Marie, du wirst ja wohl dein

Shopping-Date verschieben können. Ein Krimi-Dinner, das dürfen wir uns als Detektivinnen doch nicht entgehen lassen!«

»Hm, vielleicht hast du recht«, lenkte Marie ein. Jetzt war sie doch neugierig geworden. »Worum geht es denn da genau?«

Kim erzählte, was sie bisher in Erfahrung gebracht hatte: »Also, man kocht tagsüber gemeinsam ein leckeres Menü, das sich mit mehreren Unterbrechungen bis in den Abend hinzieht. Zwischen den Gängen soll man herausfinden, wer unter den Teilnehmern der Mörder ist. Es gibt auch einen Preis zu gewinnen.«

Marie strahlte. Auf einmal war sie keine Spur mehr beleidigt. »Was gibt es denn zu gewinnen?«

»Einen Abend mit ...«, fing Kim an. Dann rümpfte sie plötzlich die Nase. »Hier riecht es echt übel. Was ist das denn?«

Franzi betrachtete ratlos den Tisch. »Die Kuchen können es nicht sein.«

»Ich weiß es.« Marie stand auf und griff zur Wickeltasche. »Finn hat die Windel voll.«

In dem Moment schlug Finn die Augen auf und fing an zu weinen.

»Na, gut geschlafen?«, sagte Marie zu ihm. »Du musst nicht weinen, gleich bekommst du eine neue Windel und dann ist alles wieder gut.«

Kim sah ihre Freundin ungläubig an. »*Du* wickelst? Ich dachte, du findest das total eklig.«

Marie lachte. »Ach, daran hab ich mich längst gewöhnt. Meistens übernimmt es ja sowieso Tessa oder Natascha, aber ich springe auch schon mal ein.«

Mit geübten Handgriffen holte sie eine Wickelunterlage und eine neue Windel aus der Tasche und zog Finns Hose aus. »Ist hier vielleicht jemand kitzlig?« Noch bevor sie die kleinen Füße ihres Bruders berührt hatte, gluckste er schon vergnügt.

... um Leben und Tod

Kim warf einen zufriedenen Blick in den Spiegel. Sie hatte ihren Lieblingspulli mit den rot-weißen Streifen angezogen und mit ihrer neuen Jeans kombiniert. Das Outfit war bequem und sah trotzdem gut aus. Wer wohl alles zum Krimi-Dinner kommen würde? Hoffentlich nur nette Leute. Kim freute sich schon sehr auf den Nachmittag und Abend. Sie griff nach ihrer Tasche, verließ ihr Zimmer und lief gut gelaunt die Treppe hinunter.

Plötzlich hörte sie aus dem Wohnzimmer einen spitzen Schrei. Das war ihre Mutter gewesen! Kims Herz klopfte schneller. War ihre Mutter gestürzt? Hatte sie sich verletzt?

Kim raste ins Wohnzimmer. Die Szene, die sich ihr dort bot, war eine völlig andere, als sie vermutet hatte. Frau Jülich stand vor dem Sofa und betrachtete entsetzt ihre schwarze Stoffhose, die an den Beinen und auf der Rückseite überall mit feinen weißen Hundehaaren übersät war.

»Das darf doch nicht wahr sein!«, stöhnte Kims Mutter. »Heute ist Samstag, ich will mich erholen von der anstrengenden Schulwoche und setze mich nichts ahnend aufs Sofa. Ich dachte, du wolltest saugen, Schatz!«

Herr Jülich kam von der Küche herüber und beteuerte: »Ich hab auch gesaugt! Erst gestern bin ich hier mit dem Staubsauer herumgewirbelt, aber das Sofa hab ich vergessen, tut mir leid.«

Seine Frau versuchte, die Haare mit den Händen zu entfernen, hatte aber keinen Erfolg damit. Genervt gab sie es auf.

»Die Hose muss ich in die Reinigung bringen.« Dann lächelte sie auf einmal. »Entwarnung. Das ist kein Drama! Jetzt lasst uns einfach das Wochenende genießen.«
Kim rieb sich die Augen. War das wirklich ihre Mutter, die das eben gesagt hatte? Früher hätte Frau Jülich bei so etwas ein Riesentheater gemacht. Ihre neue Gelassenheit musste von den Yogastunden kommen, die sie jetzt regelmäßig nahm.
»Du brauchst keine Reinigung!«, verkündete Ben. Er stürmte zusammen mit Lukas ins Wohnzimmer, fuchtelte triumphierend mit einer Kleiderbürste herum und fing an, die Hose seiner Mutter mit kräftigen Bürstenstrichen zu bearbeiten.
Pablo sprang aufgeregt um die Zwillinge herum. Er hielt das Ganze für ein Spiel und schnappte nach der Bürste. Dabei hinterließ er sofort wieder neue Haare auf der Hose von Frau Jülich.
»Aus, Pablo!«, rief Lukas streng.
Aber der Hund dachte nicht daran. Das Spiel war viel zu schön.
Ben stöhnte: »Du bist echt unmöglich und …«
»… und sehr lustig«, beendete Frau Jülich den Satz, während sie Pablos Schlappohren tätschelte.
Als allgemeines großes Gelächter ausbrach, reckte Pablo stolz den Hals und wedelte mit dem Schwanz.
»Ich glaube, der Fall hier ist gelöst«, stellte Kim fest und machte sich auf den Weg zum Jugendzentrum.
Als sie unterwegs auf ihre Armbanduhr sah, bekam sie einen Schock. So spät schon! Sie hatte Zeit verloren und konnte

jetzt nur einen ganz kurzen Zwischenstopp bei Michi einlegen. So was Blödes! Zum Glück war Michis Wohnung nicht weit vom Jugendzentrum entfernt.
Mit zerstrubbelten Haaren und blassem Gesicht machte Michi ihr auf.
»Hier kommt Nervennahrung!«, sagte Kim zur Begrüßung. »Dringende Empfehlung von Ihrem Arzt und Apotheker – und von Kim Jülich.«
Grinsend nahm Michi die Tüte mit den Schokokeksen entgegen. »Du kannst Gedanken lesen. Mein Süßigkeitenvorrat ist gerade zu Ende gegangen. Komm doch rein.«
»Heute kann ich leider nicht«, sagte Kim bedauernd. »Ich gehe zum Krimi-Dinner. Bin schon total spät dran.«
»Aber für eine Umarmung hast du schon noch Zeit, oder?« Michi legte lächelnd die Kekse ab.
Statt einer Antwort schlang Kim die Arme um ihren Freund. Zärtlich drückte sie ihm einen Kuss auf den Mund. »Pass auf dich auf. Du siehst müde aus. Übertreib es nicht mit dem Lernen.«
»Ich verspreche es.« Michi winkte ihr zum Abschied zu.
Sein wunderbares Lächeln begleitete Kim auf dem restlichen Weg. Leise summte sie vor sich hin und dachte die ganze Zeit daran, wie glücklich sie war.

Im Jugendzentrum war wenig los. Kim entdeckte einen Zettel, auf dem stand, dass der Treffpunkt für das Krimi-Dinner im kleinen Aufenthaltsraum war. Kim öffnete die Tür und alle Blicke wandten sich neugierig zu ihr herum.
»Äh … Entschuldigung!«, stammelte sie.

Der einzige Erwachsene in der Runde stand auf und winkte sie heran. »Kein Problem. Wir haben gerade erst angefangen. Setz dich, neben mir ist noch ein Platz frei. Ich bin Maxime und leite das Krimi-Dinner.«

Mit einer weiteren Entschuldigung nahm Kim auf ihrem Stuhl Platz und begrüßte Marie und Franzi mit einem Lächeln. Der peinliche Augenblick ging zum Glück schnell vorüber.

Kim sah Maxime aufmerksam an. Maxime war nur einen Kopf größer als sie, hatte kräftige Oberarme und einen kleinen Bauch. Er trug eine weiße Kochschürze mit der Aufschrift »Restaurant Chez Maxime«, die gut zu seiner braun gebrannten Haut, den dunklen Haaren und braunen Augen passte. Sein französischer Akzent war kaum hörbar, er sprach sehr gut Deutsch.

Maxime lächelte in die Runde. »Ihr könnt übrigens gerne Du zu mir sagen. In der Küche sind wir ein gleichberechtigtes Team.« Er machte eine kurze Pause. »Einige von euch kennen vielleicht mein Restaurant oder sind schon mal daran vorbeigekommen. Ich habe mehrere Auszeichnungen und Preise für mein Lokal bekommen.« Plötzlich zog er grimmig die Augenbrauen zusammen. »Heute geht es um Leben und Tod!«

Die unvermittelte Ankündigung bewirkte, dass alle verstummten und den Koch erschrocken ansahen.

Maxime schlug sich lachend mit der Hand auf den rechten Oberschenkel. »Natürlich nur im Spiel! Aber ihr solltet euch in Acht nehmen und gut aufpassen, was alles so passiert. Auch unwichtige Details können später entscheidend sein.

Ich bin heute sozusagen der Regisseur, der im Hintergrund unsichtbar die Fäden zieht. Wenn ihr Fragen habt, kommt einfach zu mir, jederzeit.«

Kim spürte ein angenehmes Kribbeln im Magen. Das würde bestimmt ein toller, spannender Tag werden. Maxime wirkte sehr sympathisch. Er hatte nichts von einem eingebildeten Star, obwohl er schon mal mit einer Kochshow im Fernsehen gewesen war, die Kim zusammen mit Franzi angesehen hatte.

Erst jetzt sah Kim sich um, wer sonst noch gekommen war. Neben ein paar der Fans aus der Krimi-Lesung saß Lena, die nette Gitarrenspielerin, die im Jugendzentrum jüngeren Kindern Gitarrenstunden gab, und da drüben war die stille, zurückhaltende Sofie, die meistens am Computer hing und chattete. Zwei Jungs kannte Kim nur flüchtig, mit ihnen hatte sie vor einiger Zeit Kicker gespielt. Die anderen Teilnehmer kannte sie, wenn überhaupt, nur vom Sehen. Kim merkte, wie sie sich entspannte. Sie freute sich total darüber, dass sie die letzten drei Karten für dieses tolle Event bekommen hatte.

Erwartungsvoll wandte sie sich Maxime zu, der sich gerade bückte und geschäftig in der großen Tasche neben seinem Stuhl kramte.

Marie nutzte die Gelegenheit, um Kim und Franzi zuzuraunen: »Wir sind 13 Teilnehmer. Die Unglückszahl ist bestimmt kein Zufall.« Sie zupfte aufgeregt an ihrer neuen Jeansjacke.

Franzi verzog spöttisch die Mundwinkel. »Du immer mit deinem Aberglauben! Das ist doch albern.«

»Finde ich auch.« Kim war auf Franzis Seite. Auch sie war prinzipiell skeptisch, wenn es um sogenannte »übersinnliche« Dinge ging. Dennoch bekam sie eine leichte Gänsehaut auf den Armen.

Maxime reichte einen Stapel Karten herum. »Dieses Menü werden wir heute gemeinsam kochen.«

Kim überflog die einzelnen Gänge: Tomatensuppe mit Käsecroûtons als Vorspeise, ein bunter Salat mit Shrimps als Zwischengang. Zum Hauptgang würde es Hähnchen mit Basmatireis und Gemüse geben. Den krönenden Abschluss sollte ein feuriger Chili-Schokoladenkuchen mit flüssigem Kern bilden. Dazu würden sie einen selbst gemachten grünen Fruchtcocktail zubereiten, der aus Grapefruit und Ananassaft mit Waldmeistersirup bestand. Kim war beeindruckt. Das klang vielversprechend und vor allem sehr, sehr lecker. Bestimmt brauchten sie dafür viel Zeit – wie sollten sie dabei noch einen Krimifall lösen?

Franzi schien es genauso zu gehen. »Klingt ganz schön kompliziert«, murmelte sie. »Meint ihr, wir kriegen das hin?«

»Klar«, meinte Marie selbstbewusst. Sie konnte von den drei !!! am besten kochen und schaute sich immer mal wieder Tricks von ihrem Vater ab, dessen Spezialität italienische Gerichte waren.

»Seid ihr bereit?«, fragte Maxime gut gelaunt.

»Jaa!«, kam die begeisterte Antwort einstimmig zurück.

Maxime klatschte in die Hände und führte die Teilnehmer in die Küche. Dort standen auf den Arbeitsflächen bereits einige Schüsseln und Schalen mit den Zutaten bereit. Der Salat und das Gemüse sahen richtig frisch und knackig aus. Jeder

bekam eine Kochschürze aus Maximes Restaurant geschenkt. Beim Umbinden halfen sie sich gegenseitig. Dazu gab es noch eine richtig professionell wirkende Kochmütze für jeden Teilnehmer. Zwei der Jungs zögerten zuerst, weil sie befürchteten, ihre aufwendig gegelte Frisur könnte von der Kochmütze zerstört werden. Doch schließlich trugen alle stolz ihr Profi-Küchenoutfit und es konnte endlich losgehen!
»Also«, erklärte Maxime, »für die Suppe müssen wir erst mal die Tomaten häuten. Währenddessen bringen wir Wasser zum Kochen. Bevor wir die Tomaten hineingeben, müssen wir die Haut kreuzförmig einschneiden. Sonst löst sie sich nicht vom Fruchtfleisch ab. In der Zwischenzeit können wir die Zwiebeln und frischen Kräuter hacken und den Käse für die Croûtons würfeln. Fabian, übernimmst du den Käse?«
»Na klar!« Fabian war einer der Jungen, mit denen Kim Kicker gespielt hatte. Er war schon sechzehn und hatte erste Bartstoppeln, weswegen er immer wieder mit der Hand über sein Kinn rieb, als wolle er ihr Wachstum überprüfen. Ob aus Verwunderung oder Stolz, war Kim nicht ganz klar.
Maxime hielt ein Klemmbrett in der Hand, auf dem er die Regieanweisungen notiert hatte. Detailliert hatte er aufgelistet, welcher Teilnehmer zu welcher Zeit eine bestimmte Aufgabe bekam, die er nun verteilte. Bald waren alle beschäftigt. Lena drehte das Radio auf und suchte einen Sender mit Partymusik. Mitreißende Salsa-Rhythmen erfüllten die Küche. So machte das Kochen gleich viel mehr Spaß.
Kim zupfte die Petersilienblätter von den Stängeln und gab sie Lena zum Feinhacken weiter. Marie und Franzi schnitten das Weißbrot für die Croûtons.

Maxime hatte alles im Blick. »Wir brauchen noch mehr Tomaten«, stellte er fest. »Sofie, bitte hol doch schnell welche aus der Speisekammer.«
Kaum war Sofie zurück, schickte der Koch Arturo und Emily in den großen Aufenthaltsraum. Die Stoffservietten mussten gefaltet und der Tisch festlich gedeckt werden. Egal welche Anweisung Maxime gab, er blickte dabei immer kurz auf seine Armbanduhr.
Kim fiel das sofort auf. Merkwürdig war außerdem, dass Maxime die Teilnehmer ziemlich oft aus der Küche schickte. Manches hätte man sicher auch einfacher erledigen oder die Zutaten gleich in der Küche bereitstellen können. Es musste also noch einen anderen Grund für die Hektik und das viele Hin und Her geben.
Unauffällig stellte Kim sich hinter Marie und Franzi. »Wisst ihr was?«, flüsterte sie ihnen zu. »Das Krimi-Rätsel hat schon angefangen!«

Dreizehn Verdächtige

Marie und Franzi waren unabhängig voneinander zur selben Schlussfolgerung gekommen. Längst hatten sie ihre Detektivantennen aufgerichtet und beobachteten alles ganz genau. Kim zog ihren Notizblock aus der Hosentasche, den sie immer dabeihatte, und machte sich kurze Stichworte, damit sie hinterher nichts vergaß. Vor allem ging es ihr darum, Namen und Zeiten festzuhalten. Wer hielt sich wann wo auf und wie lange?

Kim war vollauf beschäftigt. Das Kochen durfte sie natürlich auch nicht vernachlässigen, und sich auf zwei Dinge gleichzeitig zu konzentrieren, war gar nicht so leicht.

Inzwischen roch es in der Küche herrlich nach Olivenöl. Maxime zeigte den Teilnehmern, wie man die gehäuteten, klein geschnittenen Tomaten zusammen mit den Zwiebeln in einer großen Pfanne mit Olivenöl erhitzte.

Kim spülte gerade die Schneidebretter ab, die gleich wieder gebraucht wurden. Da vibrierte ihr Handy auf dem Küchenbord. Sie hatte es auf lautlos gestellt, wollte es aber nicht ganz ausschalten, falls Michi sich meldete.

Rasch trocknete Kim ihre Hände und griff schnell zum Handy. Michis süßes Foto erschien auf dem Bildschirm. Sollte sie seinen Anruf annehmen? Der Geräuschpegel in der Küche war sehr hoch und Maxime erzählte den anderen eine lustige Geschichte aus seiner Zeit als Koch in Paris. Es würde also gar nicht weiter auffallen.

»Hi, Michi! Wie geht es dir?«

»Sehr gut. Ich wollte dir nur sagen, dass deine Schokokekse schon fast alle sind. Die schmecken einfach zu gut. Danke dir.«

»Gerne.« Kims Herz klopfte schneller.

Nach einer kleinen Pause sagte Michi leise: »Noch lieber würde ich dich jetzt küssen.«

»Äh … ja, das wäre schön!«, sagte Kim glücklich. Am liebsten hätte sie hier alles stehen und liegen gelassen, um sofort zu ihrem Freund zu fahren, aber das konnte sie natürlich nicht bringen.

»Du fehlst mir – sehr.«

»Du mir auch – sehr!«, seufzte Kim.

Plötzlich tauchte Maxime neben ihr auf. »Kim, könntest du mal eben … Hey, bitte in der Küche nicht telefonieren! Oh, verflixt!« Dem Koch fiel der Schneebesen aus der Hand und landete klirrend auf dem weiß gefliesten Küchenfußboden.

Schuldbewusst beendete Kim das Gespräch. »Also dann tschüss, bis bald.« Sie bückte sich und hob rasch den Schneebesen auf. »Tut mir echt leid mit dem Handy. Ich schalte es jetzt aus.«

»Ja, das ist vernünftig so.« Maxime runzelte die Stirn. »Dann kannst du dich besser konzentrieren. Ich selbst habe mein Handy übrigens gar nicht erst mitgenommen. Heute bin ich nur für euch da.«

»Das ist toll«, sagte Kim und kehrte eilig zur Spüle zurück. Kaum war der Koch außer Sichtweite, siegte die Freude über ihr schlechtes Gewissen. Kim bereute es ganz und gar nicht, dass sie Michis Anruf entgegengenommen hatte!

Eine halbe Stunde später waren der Fruchtcocktail und der erste Gang fertig. Die Teilnehmer unterbrachen das Kochen und setzten sich an den Tisch im großen Aufenthaltsraum. Er sah wunderschön festlich aus mit den weißen Stoffservietten, blinkenden Gläsern, Teelichtern und bunten Blumensträußen, die in kleinen Vasen steckten.

»Das habt ihr sehr gut gemacht«, lobte Maxime und erhob sein Glas. »Auf unser Krimi-Dinner!«

»Auf das Krimi-Dinner!«

Sie prosteten sich lachend zu. Kim trank den eisgekühlten Orangensaft in einem Zug aus. Kaum war ihr Glas leer, stieg Kim der aromatische Duft nach Kräutern und Tomaten in die Nase. Auf einmal merkte sie, wie hungrig sie war. Sie legte sich die Stoffserviette auf den Schoß und griff zum Löffel. Die Suppe roch nicht nur gut, sie schmeckte auch fantastisch. »Mmmmh!« Kim schloss genießerisch die Augen.

»Hast du das gesehen?« Franzis Ellbogen berührte ihren Arm. »Da ist ein Umschlag unter der Serviette.«

Kim machte die Augen wieder auf. Der Umschlag war ihr vor lauter Vorfreude auf die Suppe gar nicht aufgefallen. Ringsherum hörte sie es rascheln. Neugierig öffnete auch sie den Umschlag. Darin befanden sich ein Namensschild mit der Aufschrift »Kira« und ein Blatt Papier. Kim überflog den Text.

Herzlich willkommen beim Krimi-Dinner!
Heute wird es spannend. Du musst einen kniffligen Fall lösen.
Darum geht es:
Eine reiche Großfamilie trifft sich zur Silberhochzeit der Eltern

im Elternhaus. Die einzelnen Familienmitglieder sind teilweise miteinander zerstritten. Es handelt sich um: Oma, Opa, Vater, Mutter, Tante, Onkel und acht Kinder. Der Vater ist ein leidenschaftlicher Hobbykoch und bereitet das Menü vor: Tomatensuppe mit Käsecroûtons, Salat mit Shrimps, Hähnchen mit …

Kim sah kurz von ihrem Text auf. Die Speisenfolge stimmte exakt mit dem Krimi-Dinner überein. Wie gruselig!

Kurz vor dem Familientreffen hat der Vater angekündigt, er werde das Haus mit einer Schenkung vor dem Tod an seine vier Töchter überschreiben. Die Söhne bekommen auch eine Schenkung: eine Obstbaumwiese, die sie sich teilen sollen. Mit dieser Regelung sind die Söhne ganz und gar nicht einverstanden. Sie fühlen sich benachteiligt. Oma, Opa, Tante und Onkel sind wiederum prinzipiell gegen eine Schenkung vor dem Tod. Noch vor dem Dessert verschwindet der Vater verdächtig lange in der Küche. Die Familie sucht ihn und findet ihn ermordet in der Speisekammer!
So weit die Vorgeschichte – und nun kommst du ins Spiel! Du sollst während des Krimi-Dinners ein Familienmitglied verkörpern und dir das Namensschild anstecken. Stell dir vor, das Jugendzentrum ist dein Elternhaus. Alle Rollen bis auf den bereits ermordeten Vater werden von den anderen Teilnehmern besetzt. Alle Personen sind gleichermaßen verdächtig, der Täter zu sein, also auch du selbst!
Noch weißt du nicht, wie du zum Opfer stehst und welches Motiv du haben könntest bzw. welche Motive deine Mitspieler ha-

ben könnten. Das musst du herausfinden und auch die Geheimnisse der anderen Familienmitglieder lüften.
Viel Spaß dabei und viel Erfolg!

Kim legte das Blatt Papier neben ihren Teller. Auf ihrem Namensschild stand »Kira«. Auf der Rückseite erfuhr sie die Details zu ihrer Person. Kira war die jüngste Tochter der Familie, die einen Teil des Hauses bekommen sollte. Aufgeregt steckte sich Kim das Namensschild an. Dann drehte sie sich zu Franzi um. Auf deren Brust stand »Frauke«.
»Ich bin die älteste Tochter«, erklärte Franzi stolz. »Das gefällt mir! Zu Hause bin ich ja die Jüngste.«
Kim fand es dagegen richtig nett, zur Abwechslung mal die Jüngste zu sein. Gemeinsam entdeckten Kim und Franzi, dass ihre Figuren Teile des Hauses geerbt hatten.
»Hallo, ihr lieben Kleinen!«, sagte Marie gönnerhaft zu ihnen. »Ich bin eure Tante Mascha. Wenn ihr schön brav seid, bekommt ihr Bonbons von mir.«
Sie spielte die Rolle so übertrieben, dass Kim und Franzi kichern mussten.
Maxime schlug mit dem Löffel gegen sein Glas. »Habt ihr alle den Text gelesen und wisst, wer ihr seid? Gut. Zwei Dinge darf ich euch noch zusätzlich verraten: Der Vater wurde um die Mittagszeit ermordet und beim Tatwerkzeug handelt es sich um sein Lieblings-Küchengerät: einen Stabmixer mit Küchenmesseraufsatz. Die großen Fragen lauten nun natürlich: Wer ist der Täter? Was hat er für ein Motiv? Anhand welcher Spuren bzw. Indizien kann er überführt werden?«
Alle Teilnehmer redeten aufgeregt miteinander und rätselten

sofort los, wer unter ihnen wohl der Mörder sein könnte. Die Suppe war auf einmal nur noch Nebensache. Schnell aßen sie die Teller leer oder ließen achtlos einen Rest zurück. Dann verkündete Maxime seelenruhig: »Kommt bitte mit. Ich möchte euch jetzt die Leiche zeigen.«

Schlagartig war es totenstill im Raum. Kim hatte das Gefühl, als würde eine eiskalte Hand nach ihrem Herzen greifen. Wo es einen Tatort gab, musste es auch eine Leiche geben. Eine Leiche? Hier im Jugendzentrum?

Falsche Spur

Detektivtagebuch von Kim Jülich
Samstag, 14:05 Uhr
Gut, dass ich mein Detektivtagebuch für unterwegs dabeihabe. Das brauche ich jetzt dringend. Was für ein Schock! Im ersten Augenblick habe ich wirklich gedacht, dass sich eine echte Leiche im Jugendzentrum befindet. Im zweiten Augenblick hab ich mich zusammengerissen und mir gesagt: Kim, das kann nicht sein. Das Krimi-Dinner ist ein Spiel. Hier gibt es keine Leichen! Natürlich nicht, aber trotzdem fand ich das Ganze gruselig genug. Auf dem Boden der Speisekammer waren mit Kreide die Umrisse gezeichnet an der Stelle, wo die »Leiche« gelegen hat, bevor die »Kriminalpolizei« sie abgeholt hat. Es gab auch rote Flecken, die täuschend echt nach Blut aussahen. In Wirklichkeit war es Ketchup. Ich habe mit meinem Handy eine Reihe von Fotos geschossen, die ich später analysieren werde.
Maxime hat uns neben der Leiche auch noch das Tatwerkzeug gezeigt: In einer Vitrine war der Stabmixer, auf dem sich die Fingerabdrücke des Täters befinden, eingeschlossen und Maxime hat den Schlüssel. Natürlich darf niemand an die Tatwaffe ran, sonst wüsste man ja viel zu schnell, wer der Täter ist.
So weit zu den nüchternen Fakten. Obwohl alles nur gestellt war, ist mir richtig schlecht geworden – und das flaue Gefühl im Magen war absolut echt. Ich frage mich, wie es Kriminalkommissaren im richtigen Leben gehen mag, die tatsächlich regelmäßig Leichen sehen müssen. Sind die irgendwann so abgebrüht, dass es ihnen nichts mehr ausmacht? Das kann ich mir

nicht vorstellen. Es ist bestimmt jedes Mal wieder total schrecklich. Eines weiß ich jetzt schon: Kriminalkommissarin werde ich garantiert nicht, dann schon lieber Krimi-Autorin. In Büchern kann man über die schlimmsten Dinge schreiben, aber man hat wenigstens Distanz dazu. Es sind nur schwarze Buchstaben auf weißem Papier!
Marie, Franzi und ich haben übrigens beschlossen, dass wir jede für sich rätseln. So wird das Spiel noch spannender und wir sind ausnahmsweise mal Konkurrentinnen.
So, und jetzt muss ich mir meine Liste vom Notizblock mit den Personen und Zeiten noch mal genau durchlesen. Wer hat wann für wie lange die Küche verlassen und hatte die Gelegenheit, während der Tatzeit in die Speisekammer zu gelangen?
Pause.
Horror, Panik, Grauen! Ich habe meine Notizen durchgelesen, die ich während des Kochens der Vorspeise gemacht habe, und kann es nicht glauben: Ich gehöre zu den drei Hauptverdächtigen!
Das erinnert mich an den letzten Fall der drei !!!. Ich stehe schon wieder unter Verdacht. Auch wenn das alles nicht real ist: Es geht mir nicht gut damit, in diesem Spiel eine Verbrecherin zu sein. Eine Mörderin!

Nachdem Kim ihr Detektivtagebuch weggesteckt hatte, kehrte sie in die Küche zurück. Dort lagen die Zutaten für den zweiten Gang des Menüs, den Salat, noch unberührt in den Schalen. Die anderen Teilnehmer standen herum und erzählten sich gegenseitig, wie gruselig sie den Tatort fanden. Nur zwei Jungs behaupteten ganz cool, es hätte ihnen über-

haupt nichts ausgemacht, aber Kim bezweifelte das. Wenn jemand etwas stark betonte, hatte er oft ein Problem damit.
»Was ist denn hier los?«, beschwerte sich Maxime halb belustigt, halb beleidigt. »Ihr seid zum Kochen da, nicht zum Löcher-in-die-Luft-Starren. An die Arbeit, Leute!«
Die Begeisterung der Teilnehmer hielt sich im Vergleich zu vorhin in Grenzen. Keiner war so richtig bei der Sache, weil alle bereits im Rätselfieber waren.
Kim ging es ähnlich. Mechanisch rupfte sie von einem großen Kopfsalat die Blätter ab. Marie schnitt inzwischen Karotten in feine Stifte. Maxime zeigte, wie man die Shrimps mit einer Marinade aus Knoblauch, Sauerrahm, Zitrone und schwarzem Pfeffer besonders aromatisch zubereiten konnte.
»Wer möchte mal kosten?« Der Koch holte einen Teelöffel aus der Schublade hervor.
»Ich«, sagte Kim sofort. Bewusst langsam ließ sie die Kostprobe auf ihrer Zunge zergehen. »Ganz schön scharf«, fand sie, »aber schmeckt total lecker.«
Maxime nickte zufrieden. »Wenn wir die Shrimps mit dem Salat mischen, wird die Schärfe genau richtig sein.«
Endlich war der Salat fertig und wurde mit Frischhaltefolie abgedeckt in den Kühlschrank gestellt, damit die Marinade sich noch besser entfalten konnte.
»Ihr seid erst mal erlöst«, verkündete Maxime. »Viel Erfolg bei der ersten Aufgabe! Sie steht auf der Rückseite des Papiers, das ihr unter eurer Serviette gefunden habt.«
Kim hatte die Aufgabe schon vorher entdeckt. Sie war nicht schwer zu verstehen: Jeder sollte einen Karton mit den persönlichen Erinnerungen seiner Figur im Haus finden.

»Jetzt weiß ich gar nicht, ob ich euch viel Glück wünschen soll«, sagte Marie mit einem verschmitzten Grinsen zu Kim und Franzi. »Schließlich möchte ich den Preis gewinnen, und ausnahmsweise arbeiten wir ja heute gegeneinander.«
Kim gefiel der Ausdruck nicht. »Das klingt, als ob wir Feinde wären. Wie wär's mit ›nebeneinander‹?«
»Also gut, einverstanden.« Franzi streckte ihre Hand aus und klatschte sich mit Kim und Marie ab. Danach trennten sich die drei !!! und schwärmten in unterschiedliche Richtungen aus.
Kim zog es zuerst auf den Speicher. Zum einen kannte sie den noch nicht und war schon immer mal neugierig gewesen, wie er aussah. Zum anderen bot so ein Speicher viele Möglichkeiten, um Dinge zu verstecken.
Eine schmale Treppe führte in die oberen Stockwerke hinauf. Auf ihrem Weg zum Speicher sah sich Kim flüchtig um. Die Zimmer im ersten Stock wurden anscheinend vor allem als Seminarräume genutzt. Sie waren im Gegensatz zum zweiten Stock renoviert und gut in Schuss. Je weiter Kim nach oben kam, umso staubiger und unordentlicher wurde die Umgebung. Putz blätterte von den Wänden, die Fußböden hatten ihre beste Zeit bereits hinter sich und die wenigen Möbel hatten deutliche Gebrauchsspuren.
Die Tür zum Speicher klemmte. Erst mit einiger Kraftanstrengung gelang es Kim, sie zu öffnen. Die Luft dahinter war staubig und stickig. Es roch nach alten Kartons und Holz. Kim stützte die Hände in die Seiten und sah sich um. Puh, hier herrschte aber ein Chaos! Der Speicher war bis zum Dach vollgestopft mit altem Gerümpel: Bretter, Werk-

zeug, Farbeimer, altes Spielzeug, kaputte Stühle und Sofas. Sogar eine ausrangierte, zerbeulte Einbauküche hatte dort ihren vorläufig letzten Aufenthaltsort gefunden.

Kim seufzte. Wo sollte sie bloß zuerst anfangen? Vielleicht bei den Plastikboxen unter der Dachschräge? Entschlossen krempelte sie die Ärmel ihres Pullis hoch und nahm sich die oberste Box vor.

»Was ist das denn?«, murmelte sie enttäuscht. Die Plastikbox enthielt uralte Steuerunterlagen und andere Akten, die kein Mensch mehr brauchte. Bei den Boxen darunter wurde Kim auch nicht fündig.

Sie fragte sich, ob es wirklich so eine gute Idee gewesen war, auf dem Speicher zu suchen. Musste sie anders vorgehen? Kim ließ noch einmal ihren Blick durch den Raum schweifen. War wirklich alles verstaubt, oder gab es Orte, die verdächtig sauber aussahen? Orte, an denen Maxime gewesen sein könnte, als er die Gegenstände für das Krimi-Rätsel versteckt hatte?

Kims Blick blieb an der Einbauküche hängen. Täuschte sie sich oder war der äußere Hängeschrank weißer als die anderen Schränke? Neugierig trat Kim näher. Sie hatte sich nicht getäuscht!

Gespannt öffnete sie die Tür des Hängeschranks. Zwei alte Kochlöffel rutschten ihr entgegen. Sie hatten auf dem Deckel eines gelben Kartons gelegen. Kim nahm den Karton heraus und lüftete den Deckel.

Volltreffer! Obenauf lag ein Zettel mit der Aufschrift »Krimi-Dinner«. Er bedeckte eine Vielzahl von Fotos, Papieren und anderen Erinnerungsstücken. Kim wollte sich gerade die Fo-

tos näher ansehen, als hinter ihr die Speichertür ächzte. Kim zuckte erschrocken zusammen.
Es war Fabian. »Hi! Na, hast du schon was gefunden?«, erkundigte er sich.
»Ich glaube schon«, sagte sie zögernd. Es war ihre Entdeckung gewesen, und die wollte sie eigentlich nicht preisgeben.
Fabian schien das anders zu sehen. Er bahnte sich einen Weg durch das Gerümpel und warf einen Blick über Kims Schulter. »Hey, das ist ja mein Karton! Du bist genial, so schnell, wie du ihn gefunden hast.«
»Wieso sollte das deiner sein?«, fragte Kim halb genervt, halb geschmeichelt.
Fabian zog wortlos ein Papier aus dem Karton. Es war mit einem krakeligen Kinderbild bemalt, das der kleine Künstler mit »Manuel« signiert hatte.
»Das bin ich: Onkel Manuel.« Fabian tippte selbstbewusst auf das Namensschild an seiner Brust.
Kim runzelte die Stirn. »Okay. Du hast recht. Aber du könntest dich wenigstens dafür bedanken, dass ich dir die Suche erspart habe.«
Fabian murmelte irgendetwas, das wohl eine Art Dankeschön sein sollte. Dann nahm er seinen Karton unter den Arm und wollte gehen.
»Warte doch mal!«, hielt Kim ihn zurück. Ihr war eingefallen, dass Onkel Manuel zu den Hauptverdächtigen gehörte. Er hatte genau wie sie genug Zeit und Gelegenheit gehabt, den Familienvater zu ermorden.
»Weißt du schon, was dieser Onkel Manuel für ein Typ ist?«,

fragte sie so beiläufig wie möglich. Dabei versuchte sie einen näheren Blick auf den Karton zu erhaschen. Unter einem Foto lugte ein offizielles Schreiben hervor. »Mahnung«, stand fett gedruckt darauf. Sehr interessant!

Fabian grinste. »Ich tippe mal darauf, dass er das schwarze Schaf in der Familie ist. Im Gegensatz zu seinem großen Bruder, dem Ermordeten, ist er immer knapp bei Kasse. Beruflich hat er auch nichts richtig auf die Reihe bekommen, schlägt sich mehr schlecht als recht mit Gelegenheitsjobs durch. Und privat scheint er auch nicht gerade ein Glückspilz zu sein.«

»Verstehe«, sagte Kim gedehnt, während sie überlegte, was sie als Nächstes sagen sollte.

Fabian hatte ihre Gedankengänge leider durchschaut. »Vergiss es! Er hat seinen Bruder nicht umgebracht. Das ist in den Krimis doch immer so: Der Typ, der am offensichtlichsten verdächtig ist, entpuppt sich später als völlig harmlos. Das nennt man falsche Spur. Müsstest du als selbst ernannte Detektivin eigentlich wissen.«

Fabian presste seinen Karton fester an sich. »Ich muss los. Man sieht sich.« Er drehte sich um und machte sich aus dem Staub.

Kim schüttelte ihren Ärger ab und konzentrierte sich wieder auf die Gegenwart. Onkel Manuel hatte ein starkes Tatmotiv. Das konnte selbst Fabian nicht leugnen. Und es gab durchaus Krimis, in denen der Hauptverdächtige vom Anfang später tatsächlich auch der Mörder war!

»Freu dich nicht zu früh«, murmelte Kim und nahm sich vor, Fabian während des restlichen Abends genau zu beobachten. Vielleicht beging er ja einen kleinen, unscheinbaren Fehler, der ihn als Täter entlarvte.

Kim entschied nach kurzer Überlegung, den Speicher wieder zu verlassen und woanders weiterzusuchen. Sie hielt es für eher unwahrscheinlich, dass Maxime gleich zwei Kartons an einem Ort versteckt haben sollte.

Nach einem mehr oder weniger zielstrebigen Gang durchs Haus landete Kim schließlich im Erdgeschoss. Der kleine Raum mit dem Kickertisch war leer. Langsam umrundete Kim das Spielgerät und drehte an einer der Griffstangen. Der Mittelfeldspieler holte aus und donnerte den Ball gegen die Bande. Danach sprang der Ball in hohem Bogen weg.

Kim bückte sich, um ihn wieder aufzuheben. Als sie unter dem Tisch abtauchte, rief sie triumphierend: »Was haben wir denn da?«

Unter der Tischplatte klebte, sorgfältig mit Paketband befestigt, ein blauer Karton. Kim ging in die Hocke, löste das Band und achtete darauf, den Karton nicht fallen zu lassen. Vorsichtig nahm sie ihn und trug ihn zum Fensterbrett. Bis auf die Farbe sah er genauso aus wie der von Onkel Manuel.

Als Kim den Deckel anhob, fand sie, was sie erwartet hatte: einen Zettel mit der Aufschrift »Krimi-Dinner«. Aber wem gehörte der Karton? Hatte sie diesmal Glück?

Kim nahm sich den kunterbunten Inhalt vor: Muscheln, Postkarten, Fotos, altes Spielzeug. Eine Postkarte stach ihr ins Auge. Das Motiv erzeugte sofort Fernweh bei ihr. Ein Ferienort an der Ostsee: Sonne, goldgelber Sand und Strandkörbe. Kim drehte die Karte um.

Liebe Kira,
es ist wunderschön hier. Zu dumm, dass ich arbeiten muss! Sonst würde ich den ganzen Tag faul am Strand herumliegen. Ihr fehlt mir alle ganz schrecklich, und du fehlst mir am allermeisten, kleine Maus! Aber bald sehen wir uns ja wieder. Darauf freut sich wie ein König
dein Papa

Kim hatte den richtigen Karton gefunden. »Nette Karte«, murmelte sie. »Klingt ganz so, als ob ich Papas Lieblingstochter bin.«
Kim suchte nach weiteren aufschlussreichen Erinnerungsstücken. Auch in ihrem Karton befand sich ein krakeliges Kinderbild. Kira hatte ihren Vater als Koch mit riesiger Kochmütze gemalt. Sie schien ihn schon immer sehr gemocht zu haben. Es ergab keinen Sinn, dass sie ihn umgebracht haben sollte. Zumal er ihr ja auch einen Teil des Hauses als Schenkung überschreiben wollte.
Neben etlichen Familienfotos fand Kim eine Handcreme für sehr trockene Haut und mehrere Baumwollhandschuhe.
»Kira scheint Hautprobleme zu haben«, stellte sie fest, aber das half ihr nicht wirklich weiter.
Kim leerte Stück für Stück den Karton und legte die Gegenstände aufs Fensterbrett. Der Boden des Kartons war mit feinem Sand bedeckt, vom Strand oder vielleicht auch nur vom Sandkasten im Garten. Unter dem Sand schimmerte es hell. Kim zog ein vergilbtes Blatt heraus. Sehr viele verwirrende Linien befanden sich darauf, außerdem Kreuze und andere rätselhafte Markierungen.

»Eine handgezeichnete Karte …« Kim musste husten, weil sie Staub eingeatmet hatte. Als sie wieder Luft bekam, zog sie eine Lupe aus der Hosentasche und betrachtete das letzte Fundstück genauer.

Die Karte schien alt zu sein. Das Papier war nicht nur von der Sonne vergilbt, es hatte auch feine Risse bekommen und war an manchen Stellen brüchig geworden.

Gleich mehrere Fragen schwirrten in Kims Kopf herum: Wer hatte die Karte gezeichnet? Sie selbst, also Kira, oder jemand anders? Warum war die Karte gezeichnet worden? Welchen Ort bildete sie ab? Hatte der Ort etwas mit dem Haus zu tun, das der Vater seinen Töchtern schenken wollte? Und welchen Zweck hatte die Karte? War sie ein Wegweiser zu einem verborgenen Schatz? Oder zu einem Familiengeheimnis?

Flirt unter Ganoven

Während Kim fieberhaft nachdachte, stieg ihr auf einmal ein schwacher Geruch nach Fisch in die Nase. Nicht gerade angenehm. Rasch fand sie heraus, woher er stammen musste. Draußen in der Nähe des schmalen Fensters stand eine Mülltonne. Eilig räumte Kim die Erinnerungsstücke zurück in den Karton. Ihre Aufgabe hier war erledigt.
Plötzlich bemerkte sie eine Veränderung im Raum. Das Zimmer verdunkelte sich, es fiel ein Schatten hinein. Kim erstarrte. Ihr Puls beschleunigte sich, pochte heftig gegen die Schläfen, aber nach außen versuchte sie völlig ruhig zu bleiben.
Das Fenster war klein und ziemlich tief angebracht. Dort draußen stand jemand, aber Kim konnte nicht die ganze Person sehen. Sie war schlank und trug eine Jeans, die von einem dunkelbraunen, schmalen Ledergürtel mit silberner Schnalle gehalten wurde. Kim prägte sich den Gürtel genau ein. Er hatte abgesteppte Nähte an den Rändern, und auf der Schnalle befand sich ein schlangenartiges Muster.
Kim war sich ziemlich sicher, dass keiner der Teilnehmer des Krimi-Dinners einen solchen Gürtel trug. Der wäre ihr bestimmt aufgefallen. Aber wer hielt sich sonst noch im Jugendzentrum auf und hatte Grund, in den Garten zu gehen? Heute gab es doch kein anderes Programm oder Angebot neben dem Krimi-Dinner.
Im Raum wurde es auf einmal wieder heller. Lautlos verschwand die Person aus Kims Blickfeld. Kim wartete noch zwei Minuten, dann verließ sie den Kickerraum.

Im Flur traf sie Franzi und Marie, die ebenfalls ihre Kartons gefunden hatten.
»Gratuliere!«, sagte Franzi. »Du warst also auch erfolgreich, wie ich sehe.«
»Allerdings – und zwar in mehrfacher Hinsicht.« Kim zog ihre Freundinnen in eine Nische im Flur, um ungestört mit ihnen reden zu können. »Ich habe eine fremde Person am Fenster gesehen. Sie schleicht im Garten herum. Vielleicht ist alles ganz harmlos, aber wir sollten der Sache trotzdem nachgehen.«
»Hast du mit Kochen und dem Krimi-Dinner nicht schon genug zu tun?«, fragte Marie verwundert. »Willst du nebenher noch einen echten Fall lösen?«
Kim lächelte. »Warum denn nicht?«
»Spannend.« Franzi pfiff leise durch die Zähne. »Also ich bin bereit.«
»Das ist schön!« Maxime tauchte neben ihnen auf und grinste erfreut. »Es geht nämlich weiter. Kommt alle in die Küche, dann verteilen wir den Salat auf die Teller.«
Als kurz darauf alle am Tisch saßen, war Kim der Appetit vergangen. Zwar schmeckte der Salat sehr gut, aber sie nahm nur ein paar Bissen und legte dann die Gabel wieder zurück. Sie war viel zu sehr mit den bisherigen Geschehnissen beschäftigt. Ihr gegenüber saß Elias, der laut seinem Namensschild jetzt Theo hieß.
»Bist du ein Sohn?«, fragte Kim ihn.
Elias antwortete mit vollem Mund: »Der älteste Sohn.«
»Aha«, meinte Kim. »Dann war unser Vater bestimmt stolz auf dich.«

Theo hörte auf zu kauen und starrte Kim entgeistert an. »Du machst wohl Witze! Papa hat mich nie gelobt, er war total streng.«

Onkel Manuel, Theos linker Tischnachbar, hatte das Gespräch mitverfolgt und klinkte sich ein. »Streng ist noch untertrieben. Ein richtiger Familientyrann war er, besonders gegenüber seinen Söhnen.«

Kim wurde hellhörig. »Woher wisst ihr das denn?«

Theo klopfte auf den Deckel seines grünen Kartons. »Da drin sind Regeln, die ich aufgeschrieben habe. Regeln von unserem ›lieben‹ Vater. Dass wir am Tisch nicht reden dürfen, es sei denn, er fragt uns etwas. Dass wir täglich mindestens drei Stunden Hausaufgaben machen müssen und danach im Haushalt schuften. Und so weiter und so weiter. Insgesamt sind es zwanzig Regeln.«

Kim konnte es nicht glauben. Was Theo vom Familienvater erzählte, passte so gar nicht zu dem Bild, das sie sich anhand von Kiras Erinnerungsstücken von ihm entworfen hatte. Wie war der Ermordete nun gewesen? Ein liebevoller Vater, ein Tyrann oder etwa beides? »Was hast du denn sonst noch in deinem Karton gefunden?« Kims Kehle war auf einmal ganz trocken. Sie nahm einen Schluck Wasser.

Theo zog ein Messerset heraus. Vier Messer in verschiedenen Größen steckten in einem Etui aus Kunstleder. »Keine Angst«, sagte Theo. »Das sind Schnitzmesser für Kinder. Hab ich mir anscheinend zu meinem sechsten Geburtstag gewünscht. Sehen ganz schön echt aus, was?« Er fuchtelte mit dem größten Messer herum.

Kim schob unwillkürlich ihren Stuhl ein Stück zurück. Sie

konnte auf die Schnelle nicht mehr unterscheiden, wer ihr gerade gegenübersaß: Elias oder Theo.
»Das hier ist aber auch nicht schlecht.« Onkel Manuel hielt einen Zettel aus seinem Karton hoch, auf dem in schwarzen Druckbuchstaben stand: »Ich hasse dich, großer Bruder!!!« Verächtlich grinsend ließ er den Zettel wieder sinken. »Aber nicht dass ihr jetzt auf falsche Gedanken kommt. Ich hab meinen Bruder nicht umgebracht. Das war jemand anders.« Er hob den Kopf, sah sich um, und scheinbar zufällig streifte sein Blick dabei Kim. Ein misstrauischer Funke lag in seinen Augen.
»Noch ist es viel zu früh, um Aussagen darüber zu treffen«, stellte Kim klar.
Sie holte ihren Notizblock aus der Tasche und kritzelte die neuesten Erkenntnisse hinein. Für sie lag es eindeutig auf der Hand: Sohn Theo und Onkel Manuel hatten wesentlich stärkere Tatmotive als Kira. Einer von beiden musste der Mörder sein. Welcher es war, das würde sie ganz bald herausfinden!
Maxime trug die leere Salatschüssel in die Küche. »Freut mich, dass euch der Salat geschmeckt hat. Jetzt wird es höchste Zeit, dass wir uns dem Hauptgang widmen.« Der Koch holte aus dem großen Kühlschrank eine Box mit Hühnerbrust-Hälften. »Das Zerlegen der Hähnchen habe ich für euch bereits erledigt. Wir müssen nun die Fleischstücke scharf anbraten. Wer möchte mir dabei helfen?«
Ausgerechnet die stille Sofie meldete sich. Es zeigte sich, dass sie nicht nur chatten konnte, sondern auch Erfahrung beim Kochen mitbrachte. Geschickt wendete sie die Hühnerbrüs-

te in der Pfanne und sorgte dafür, dass sie auf beiden Seiten schön braun, aber nicht zu dunkel wurden.

Die anderen durften inzwischen das Gemüse klein schneiden. Kim nahm sich die Paprikaschoten vor und Franzi kümmerte sich um die Bohnen. Da alle Plätze an den Schneidebrettern belegt waren, fragte Marie, was sie sonst noch tun konnte.

»Du könntest den Basmatireis waschen und aufsetzen«, schlug Maxime vor. Er schickte Theo in die Speisekammer, um ein Sieb zu holen.

Als Theo zurück war, schüttete Marie die Tüte mit dem feinkörnigen Reis ins Sieb und ließ kaltes Wasser darüberlaufen. Theo beobachtete sie interessiert. »Das machst du sehr gut, *Tante* Mascha! Finde ich übrigens toll, dass ich so eine junge und hübsche Tante habe.«

Marie drehte den Wasserhahn zu. »Mein Neffe ist aber auch nicht von schlechten Eltern. Wie kommt es, dass ich dich hier im Jugendzentrum noch nie gesehen habe?«

Theo lachte verschmitzt. »Soll das heißen, du würdest mich gern öfter sehen? Das ließe sich einrichten.«

Kim machte eine Pause beim Paprika-Schnippeln. Das durfte ja wohl nicht wahr sein! Tante Mascha flirtete mit Theo – mit einem potenziellen Mörder! Wie konnte die sich auf ein derart gefährliches Spiel einlassen? Kim sah ihrer Freundin entsetzt beim Flirten zu. Hatte Marie alle Vorsichtsmaßnahmen vergessen, die sich die drei !!! bei ihren Ermittlungen angeeignet hatten? Auf einmal begriff Kim, dass sie in eine Falle getappt war.

Geheimes Tagebuch von Kim Jülich
Samstag, 15:17 Uhr

Ja, dieses Tagebuch ist wirklich streng geheim! Wer es trotzdem liest, hat keine schöne Zukunft vor sich. Ich werde denjenigen in meiner nächsten Krimigeschichte zum Mordopfer machen. Er wird zwar nur auf dem Papier getötet, aber ich garantiere jetzt schon: Auch das kann sehr, sehr wehtun!

Mein großes Problem ist, dass ich zu viel Fantasie habe. Gerade merke ich, dass ich schon viel zu tief eingetaucht bin in diese Großfamilie, die es doch eigentlich gar nicht gibt. Sie kommt mir so real vor, so echt! Kein Wunder, dass ich plötzlich Angst um Marie hatte, bis mir klar wurde, dass Elias natürlich kein Mörder ist, sondern höchstens als Theo einen Mörder spielt.

Erschreckenderweise geht es mir nicht nur mit Marie so. Die Dinge in Kiras Karton fühlen sich merkwürdig vertraut für mich an, als würden sie zu meiner eigenen Geschichte gehören. Ich habe mich verändert, seit ich hier bin und in Kiras Rolle geschlüpft bin. Und die anderen haben sich auch verändert. Fabian war vorhin am Tisch so distanziert zu mir. Gleichzeitig habe ich in seinem – in Onkel Manuels Gesicht ganz viel Hass gelesen. Bei Elias, der den Sohn Theo spielt, ist es mir ganz ähnlich gegangen. Er war mir auf einmal richtig unheimlich mit seinem Messerset.

Neulich hab ich in einer Zeitschrift ein Interview mit einem Schauspieler gelesen. Der hat erzählt, dass er manchmal so intensiv mit seiner Rolle verschmilzt, dass er für Momente nicht mehr auseinanderhalten kann, was Realität ist und was Film. Eine schreckliche Vorstellung, finde ich.

Zurück zum Krimi-Dinner: Ich weiß genau, dass es sich dabei

um ein spannendes Rollenspiel handelt. Aber ich hätte nie gedacht, dass ich mit Haut und Haaren von diesem Spiel verschlungen werde.
Tief durchatmen! Ich bin Kim und nehme an einem harmlosen Krimi-Dinner teil. Alles klar. Jetzt bin ich schon viel ruhiger. Ich muss einen klaren Kopf bewahren. Am besten schreibe ich über Dinge aus meinem ganz realen Alltag: zum Beispiel über Michi!
Er hat mir zwei SMS geschrieben und sich noch mal für die Süßigkeiten bedankt. Ich bin immer wieder platt, wie er es schafft, mir mit zwei, drei kleinen Worten zu sagen, wie lieb er mich hat.
Michi, du bist mein Traumprinz! Ich bin immer noch total verliebt in dich, wie am ersten Tag. Ich käme niemals auf die Idee, wie Marie, während ich so glücklich bin mit meinem Freund, mit anderen Jungs zu flirten. Darauf gebe ich dir mein Ehrenwort, Michi.
Bitte denk an mich, ja? Ich wäre jetzt so gerne bei dir, denn dieses Krimi-Dinner ist ganz schön anstrengend. Hoffentlich hast du bald genug gelernt, damit wir wieder mehr Zeit miteinander verbringen können. Darauf freue ich mich schon sooo sehr!

»Hier steckst du! Was machst du denn in diesem dunklen Getränkeraum?«, fragte Franzi vorwurfsvoll.
»Wir haben dich schon überall gesucht.« Marie klang ehrlich besorgt.
Kim klappte rasch ihr Heft zu, erhob sich vom Getränkekasten, auf dem sie gesessen hatte, und spürte eine warme

Welle durch ihren Körper strömen. Es tat gut, ihre Freundinnen zu sehen!
»Was ich hier mache?«, sagte sie augenzwinkernd. »Dreimal dürft ihr raten: Ich plane natürlich schon meinen nächsten Mord!«

Eine schreckliche Entdeckung

Alle Bestandteile des Hauptgangs waren vorbereitet: Der Basmatireis ruhte auf einer Warmhalteplatte und erfüllte die Küche mit seinem aromatischen Duft. Das Gemüse köchelte in einem Sud aus Kräutern, Brühe und einer geheimen Currymischung, die Maxime vorher selbst zubereitet hatte, vor sich hin. Die Hähnchen schmorten im Ofen. Bis sie fertig waren, würde es noch eine ganze Weile dauern.
Jetzt hatten die Teilnehmer wieder Zeit, sich mit der Lösung des Krimi-Rätsels zu beschäftigen.
»Bis später!«, sagte Franzi und winkte, bevor sie in Richtung Treppe zum ersten Stock verschwand.
Marie wollte sich im Keller umsehen. »Vielleicht finde ich dort ja noch eine zweite Leiche«, witzelte sie und klopfte ihrer Freundin aufmunternd auf die Schulter.
Kim konnte nicht richtig darüber lachen. Sie fühlte sich nach wie vor nicht besonders wohl in ihrer Haut.
Kim wartete, bis sich auch die anderen Teilnehmer verzogen hatten. Dann wagte sie sich in die Speisekammer zum Tatort. Auf dem Boden waren immer noch die Kreide-Umrisse der »Leiche« sichtbar. Die »Blutflecken« waren inzwischen eingetrocknet und dunkler geworden. Kim fand, dass sie immer noch täuschend echt wirkten. Ein kühler Windzug fuhr durch das gekippte Fenster herein. Kim rieb sich die fröstelnden Handgelenke und sah sich in der Speisekammer um.
Der schmale, lang gezogene Raum war mit einer offenen, deckenhohen Regalwand bestückt. Ordentlich nebeneinan-

der waren hier in Großpackungen Mehl, Reis, Zucker, Rosinen, Puddingpulver und andere haltbare Lebensmittel aufgereiht. Kim ging die Lebensmittel mit ihrer Lupe ab. Sie konnte nichts Ungewöhnliches feststellen. Alles schien an seinem Platz zu stehen, keine Packung war verrückt. Es gab auf den ersten Blick keine verdächtigen Spuren. Auch wenn sie den Raum am liebsten sofort verlassen hätte, zog sich Kim dünne Gummihandschuhe an, holte ihre Taschenlampe heraus und ging in die Hocke, um unter das Regal zu leuchten. Als sie den Strahl der Lampe in eine dunkle Ecke wandern ließ, bewegte sich etwas im Lichtkegel.

»Iiieh!« Kim konnte den leisen Schrei nicht unterdrücken.

Es war eine Spinne mit schwarzen, langen Beinen, die Kim aufgescheucht hatte. »Hau bloß ab!«, zischte sie, was die Spinne bereitwillig tat. Sie krabbelte hastig über die Tatortspuren und verschwand hinter der Tür.

Kim legte die Hand auf ihre Brust, um ihren Herzschlag wieder unter Kontrolle zu bekommen. Was war denn bloß mit ihr los? Sonst ließ sie sich doch nicht so schnell aus der Ruhe bringen, und schon gar nicht von einer Spinne! Schließlich setzte Kim ihre Suche unter dem Regal fort. Sie fand Staubwolken, ein grünes Haushaltsgummi und … ein Stück Stoff!

Kim beugte den Oberköper ein Stück nach vorne und angelte sich den Stoff. Als sie ihn näher betrachtete, entpuppte er sich als leicht verschmutzter Baumwollhandschuh. Kim betrachtete ihn ratlos. Hatte sie so einen nicht heute irgendwo schon einmal gesehen?

Plötzlich fiel es ihr wieder ein: In Kiras Karton waren eine

Creme für trockene Hände und Baumwollhandschuhe gewesen!
Kim überlegte. War Kira zur Tatzeit am Tatort gewesen? Das konnte sie sich einfach nicht vorstellen. Aber selbst wenn sie den Handschuh zu einem früheren Zeitpunkt in der Speisekammer verloren hatte, belastete das Indiz sie. Hatte Kira Handschuhe getragen, um keine Fingerabdrücke zu hinterlassen, als sie ihren Vater er... Kim wollte den Gedanken nicht zu Ende denken.
Kira war keine Mörderin! Sie hatte keinerlei Motiv. Und selbst wenn sie aus irgendeinem abwegigen Grund doch die Täterin sein sollte, hätte Kim dann nicht in der Rolle von Kira das Tatwerkzeug, den Stabmixer, heute berühren müssen? Sie hatte ihn aber nicht berührt, da war sie sich hundertprozentig sicher!
Kim merkte, dass all die sachlichen Argumente ihre innere Unruhe nicht verringerten. Im Gegenteil. Auf einmal fühlte Kim sich schuldig. Mit zitternden Fingern verstaute sie den Baumwollhandschuh in einem Plastiktütchen und steckte das Indiz ein. Auf einmal wollte sie nur noch weg von hier.
Kim rannte zurück in die Küche. Dort prallte sie mit Lena zusammen.
»Entschuldige«, murmelte Kim und wollte sich an Lena vorbeidrängen.
Doch die hielt sie auf. »Warte! Ich hab dich schon gesucht. Du bist doch Kira, oder? Dann hast du in deinem Karton eine Karte gefunden, stimmt's?«
»Woher weißt du das?«, fragte Kim verblüfft. »Kannst du hellsehen?«

Lena lachte unsicher. »Noch nicht, aber in meinem Karton ist ein Zettel, auf dem steht, dass ich meine jüngste Tochter im Verdacht habe, meine Karte geklaut zu haben.«

Erst jetzt wurde Kim klar, dass Lena in der Großfamilie die Mutter spielte. Aber ihre Karte wollte sie deswegen noch lange nicht hergeben. Schließlich war sie das beste Fundstück aus ihrem Karton. »*Deine* Karte?«, fragte sie deshalb ungläubig. »Heißt das, *du* sollst die Karte gezeichnet haben? Kannst du das beweisen?«

Für eine Sekunde wurde Lena unsicher. Doch dann nickte sie energisch mit dem Kopf. »Ich glaube schon. Sieh mal, was ich noch gefunden habe: Das muss der Beweis sein, dass die Karte mir gehört.«

Kim betrachtete mit gerunzelter Stirn das Papier, das Lena ihr hinstreckte. Es schien ein Brief zu sein. Oben rechts hatte der Verfasser eine Miniversion der Karte hingekritzelt. Der Rest bestand aus Buchstaben, aber der Text war in Geheimschrift verfasst.

»Ich muss den Brief nur noch entziffern«, sagte Lena. Sie tat so, als wäre das eine Kleinigkeit für sie, aber Kim spürte, dass sie von Geheimschriften nur halb so viel Ahnung wie vom Gitarrespielen hatte.

Kim lächelte zuvorkommend. »Soll ich dir vielleicht dabei helfen?«

»Äh, ja, warum nicht?«, gab Lena sich ein wenig kleinlaut geschlagen.

Kim setzte sich auf einen Hocker neben der Spüle und unterzog den Brief einer gründlichen Prüfung. Während ihrer Laufbahn als Detektivin hatte sie sich eine Methode zurechtgelegt, wie sie innerhalb kurzer Zeit die gängigsten Verschlüsselungscodes ausprobieren konnte. In ihrem Gehirn liefen die Drähte heiß.

Nach einigen Minuten rief Kim: »Ich hab's! Das ist der Cäsar-Code.«

Lenas Gesicht war ein einziges großes Fragezeichen. »Cäsar-Code? Davon hab ich ja noch nie gehört.«

Kim erklärte ihr, was es damit auf sich hatte. »Julius Cäsar, der berühmte Herrscher aus dem alten Rom, soll diese Geheimschrift erfunden haben. Er hat sich eine einfache, aber gleichzeitig sehr effektive Methode ausgedacht, damit seine Feinde die geheimen Botschaften für seine Feldherren nicht lesen konnten.«

Lena hatte aufmerksam zugehört. »Und wie funktioniert diese Methode?«

»Die geht so«, antwortete Kim eifrig. »Cäsar hat jeden Buchstaben seines Textes durch den Buchstaben, der im Alphabet drei Stellen danach kommt, ersetzt. Wenn er ein A schreiben wollte, hat er stattdessen ein D geschrieben, ein B hat er durch ein E ersetzt, ein C durch ein F und so weiter ...«

»Verstehe. Mathe war ehrlich gesagt noch nie meine Stärke. Würdest du den Brief für mich übersetzen?«

»Klar.« Kim sprang vom Hocker auf und ging zu ihrem Rucksack, den sie in der Ecke abgestellt hatte. »Wenn mich nicht alles täuscht, müsste ich sogar eine Cäsar-Scheibe dabeihaben, damit kann man die Geheimschrift noch schneller entschlüsseln.« Kim kramte in ihrem Detektiv-Zubehör und fand schließlich, wonach sie gesucht hatte. »Na also! Da ist ja die Scheibe. Jetzt kann's losgehen.«

Kim setzte sich wieder und begann, konzentriert jeden Buchstaben mithilfe der Scheibe zu übertragen. Während sie ihrer Arbeit nachging, trat Lena neben ihr ungeduldig von einem Bein aufs andere.
Schließlich legte Kim den Stift aus der Hand und begann langsam vorzulesen:

»Mein lieber Mann,
eigentlich weiß ich gar nicht, ob du es verdienst, dass ich dich noch so nenne, aber es spielt letztlich keine Rolle. Dieser Brief ist zwar an dich gerichtet, doch du wirst ihn nie bekommen. Ich schreibe ihn nur für den Fall, dass nach unser beider Tod unsere Kinder das Erbe unter sich aufteilen müssen.
Du hast mir so wehgetan! Wie konntest du mich nur ausgerechnet mit meiner besten Freundin betrügen? Dachtest du, ich merke nichts davon? Dachtest du, ich bin so blind und naiv? Das bin ich nicht. Flora hat mir schließlich euer ›süßes‹ Geheimnis anvertraut. Die Freundschaft zwischen uns war ihr wichtiger als die Affäre mit dir. Du hast natürlich nicht verstanden, warum sie mit dir Schluss gemacht hat. So wie du meistens die wirklich entscheidenden Dinge im Leben nicht verstehst.
Aber davon will ich jetzt nicht sprechen. Ich will davon sprechen, dass ich dir nun auch wehtun werde. Du hast mir in unserer Ehe viele wunderschöne Schmuckstücke geschenkt, die ich gerne auf unseren Familienfesten getragen habe. Nach all dem, was passiert ist, kann ich das nicht mehr. Deshalb werde ich den kompletten Schmuck in unserem Garten vergraben. Ich habe mir ein ganz besonderes Versteck ausgesucht, auf das du nie kommen würdest, selbst wenn du danach suchen würdest. Nur

ich weiß davon, als Einzige unserer Familie. Das Versteck habe ich in einer selbst angefertigten Karte eingezeichnet. Aber selbst diese Karte ist nicht einfach zu lesen. Nur wer ganz genau hinsieht, wird den Ort herausfinden.
Wirklich schade um den schönen Schmuck. Möge er in Frieden ruhen – wie meine Liebe zu dir, die ich heute zu Grabe trage. Ich werde mich nicht scheiden lassen, aber ab sofort wird mein Herz kalt bleiben.
Viele Grüße von deiner Frau, die dich einmal sehr geliebt hat.«

Kim ließ den Brief sinken. Ein kalter Schauer lief über ihren Rücken. »Was für ein Familiengeheimnis! Wer hätte das gedacht?«
»Das ist echt hart«, bestätigte Lena. »Wie gut, dass ich die Mutter nur spiele und nicht erleben muss, was ihr passiert ist.«
Kim war froh darüber, dass Lena eine Grenze zwischen Spiel und Wirklichkeit zog. So fiel es ihr selber leichter, nüchtern darüber nachzudenken, was der Inhalt des Briefes bedeutete.
»Die Karte scheint also tatsächlich der Mutter zu gehören«, stellte sie fest. »Anscheinend hat Kira sie zufällig gefunden und mitgenommen.«
»Damit wissen zwei Mitglieder der Familie von dem Schmuck im Garten.« Lena krauste die Stirn. »Aber wo hat die Mutter den Schmuck vergraben?«
Kim holte die Karte aus Kiras Karton. »Okay, das ist also der Garten vor dem Haus. Hier ist die Terrasse, da drüben scheint ein Swimmingpool zu sein, und dort, wo das rote Kreuz ist, sind ringsherum viele Kreise mit zwei Strichen darunter. Äußerst merkwürdig!«

Lena beugte sich über die Karte. »Hmm … Kreise mit zwei Strichen … Sonnenschirme? Nein. Lampions? Wohl eher nicht. Ha! Das müssen Obstbäume sein.«
»Die Obstwiese!«, riefen Kim und Lena wie aus einem Mund. Sie sahen die Karte an und blickten sich dann gegenseitig in die Augen.
Kim spürte, wie sich ihr Blick auf die Familiengeschichte plötzlich veränderte. Der Silberhochzeitsabend war anscheinend ganz anders verlaufen.
Wenn Kira von dem Schatz im Garten gewusst hatte, hatte sie auf einmal doch ein Motiv! War ihr bewusst geworden, dass ihr Anteil am Haus im Vergleich zum Schmuck nur ein Spielzeug-Geschenk war? Wollte sie statt des Hausanteils einen Anteil an der Obstwiese haben? Hatte sie mit dem Vater am Abend der Silberhochzeit gestritten und ihn im Affekt getötet?
Kim wurde blass. Sie versuchte in Lenas Gesichtszügen zu lesen, ob sie zu einer ähnlichen Schlussfolgerung gekommen war. Eigentlich lag die Sache ja auf der Hand …
Da kam es auch schon: »Hast *du* etwa deinen Vater getötet?«, fragte Lena lauernd. »Der Anteil am Haus hat dir nicht gereicht, du warst gierig und wolltest den Schmuck an dich reißen. Gib's zu!«
»Ich gebe gar nichts zu«, sagte Kim und holte sofort zum Gegenangriff aus: »Dir ist schon klar, dass du als Mutter ein viel stärkeres Tatmotiv hast, oder?«
Lena war überrumpelt. »Was? Welches Motiv?«
Kim verschränkte die Arme vor der Brust: »Späte Eifersucht und Rache natürlich. Du hast es in der Ehe mit deinem un-

treuen Mann auf Dauer nicht mehr ausgehalten und musstest ihn umbringen.«
Lena schnappte nach Luft. »Das … das ist eine ganz vage Vermutung. Das musst du mir erst mal beweisen!«
»Das werde ich«, sagte Kim. Dann drehte sie sich um und verließ hocherhobenen Hauptes die Küche.

Kreuzverhör

Die neue Erkenntnis musste Kim erst mal verdauen – und dafür brauchte sie Ruhe. Am besten ging sie kurz in den Kickerraum rüber und setzte sich dort auf die Couch. Als sie die Tür öffnete, bereute sie ihre Entscheidung sofort.

Fabian stand mit seinem Freund am Kickertisch. Die beiden Jungs unterbrachen ihr Spiel und starrten Kim misstrauisch entgegen.

»Alles klar bei euch?«, überspielte Kim die angespannte Stimmung. Sie wollte sich nicht sofort wieder zurückziehen.

Fabian kratzte sich lässig am Kinn. »Logisch, und bei dir?«

»Auch. Na, seid ihr schon weitergekommen beim Krimi-Rätsel?«

Fabians Freund, ein sportlicher Typ mit breiten Schultern, grinste. »Sind wir! Wir wissen jetzt, wer der Mörder ist.«

Fabian knuffte ihm in die Seite. »Mensch, Gero, halt die Klappe! Das geht Kim gar nichts an.«

»Vielleicht doch.« Kim machte einen Schritt auf die beiden zu. »Ihr müsst mir ja nicht eure Beweise verraten, aber einen Tipp könnt ihr ja abgeben.«

»Du bist die Mörderin!«, platzte Gero heraus.

Die Worte rauschten an Kims Ohren vorbei. Was hatte Gero gerade gesagt? Hatte sie sich verhört?

Fabian stöhnte. »Mann! Musste das sein? Du kannst aber auch wirklich nichts für dich behalten.«

Gero hob lachend die Schultern. »Wieso, die Wahrheit ist immer gut. Findest du nicht auch, Kira?«

Kim zuckte zusammen. Gero hatte sie Kira genannt. Trotzdem fühlte sie sich persönlich getroffen. Bevor sie auf Geros Frage antworten konnte, ging die Tür auf. Johanna und Helene kamen herein. Bei der Begrüßungsrunde hatten sie bewundernd zu ihr herübergesehen, aber jetzt musterten sie Kim mit abschätzigen Blicken.
Was hatten die anderen auf einmal gegen sie? Hier lief irgendetwas aus dem Ruder.
»Lasst mich in Ruhe«, sagte Kim. Sie hoffte, dass Maxime auftauchen würde, um die angespannte Stimmung wieder aufzulockern, aber der Koch ließ sich leider nicht blicken.
Plötzlich wurde die Tür aufgerissen und Marie und Franzi stürmten herein. Kim war richtig froh, sie zu sehen.
»Was ist denn hier los?«, rief Franzi verwundert. »Warum schaut ihr alle so komisch?«
Fabian klärte sie auf. »Wir haben die Mörderin gefunden. Es ist Kira.«
»Habt ihr Beweise dafür?«, wollte Marie sofort wissen.
Gero hielt Maries herausforderndem Blick stand. »Beweise noch nicht, aber eine starke Vermutung. Kira war nämlich lange Zeit die Lieblingstochter, bis der Vater plötzlich die zweitjüngste Tochter bevorzugte. Er hat Kira regelrecht fallen gelassen. Das hat ihr überhaupt nicht gefallen. Es gibt einen Brief an eine Freundin, in dem sich Kira bitter darüber beschwert. In diesem Brief spricht sie auch davon, dass sie ihren Vater am liebsten umbringen würde, weil er so gemein zu ihr ist und sie nicht mehr bevorzugt.«
Franzi hatte mit gerunzelter Stirn zugehört. »Das ist alles, was ihr habt? Ich fürchte, das reicht noch lange nicht aus. Ihr

müsst richtige Beweise finden: Fußabdrücke, eindeutige Spuren, so was alles.«
»Das werden wir«, sagte Fabian. »Verlasst euch drauf!«
Marie nickte Kim und Franzi zu. »Dann lassen wir euch mal in Ruhe arbeiten und suchen Gegenbeweise.«
Die drei !!! kümmerten sich nicht um die neugierigen Blicke und das Getuschel hinter ihrem Rücken, als sie den Kickerraum verließen.
Im Flur trommelte Franzi mit den Fingernägeln an die Wand. »Die spielen sich ja ganz schön auf! An deren Stelle würde ich mich lieber darauf konzentrieren, Beweise zu sammeln.«
»Tja, sie sind selbst schuld, wenn sie es nicht gründlich genug tun.« Marie zuckte mit den Schultern. »Wir dagegen sind echte Profis. Mit uns müssen sie es erst mal aufnehmen.«
Kim schwieg als Einzige.
»Was hast du denn?«, fragte Franzi.
»Mir geht's nicht so gut«, gab Kim zu. »Alle denken jetzt, Kira ist die Mörderin … Das ist kein besonders tolles Gefühl, auch wenn es um Kira geht und nicht um mich.«
Marie legte mitfühlend den Arm um Kim. »Das glaube ich dir.« Sie überlegte kurz. »Ich habe einen Vorschlag: Wir ändern unseren Plan und arbeiten beim Krimi-Dinner doch zusammen. Was haltet ihr davon?«
Franzi war sofort einverstanden. »Eine sehr gute Idee! Wir sind die drei !!!. Alleine unterwegs zu sein, kam mir die ganze Zeit schon komisch vor. Als ob ich nur ein halber Mensch wäre oder so.«

Kim lachte befreit. Sie reckte sich und klopfte sich den Staub von ihrer Hose. »Ich glaube, es ist Zeit für unser Ritual.«
Marie und Franzi wussten sofort, wovon sie sprach. Immer wenn die drei !!! einen neuen Fall an Land gezogen hatten oder gerade besonders viel Energie bei ihren Ermittlungen oder in einer schwierigen Situation benötigten, sagten sie gemeinsam den Power-Spruch auf.
Feierlich bildeten die Detektivinnen einen Kreis und legten die Hände übereinander. Kim sagte: »Eins«, Franzi »Zwei« und Marie »Drei!«. Am Schluss warfen sie gleichzeitig die Hände in die Luft und riefen laut: »Power!!!«
Es war unglaublich: Kim fühlte sich wieder richtig energiegeladen. Gemeinsam würden sie es den anderen zeigen. Schließlich hatten sie schon viel schwierigere Situationen gemeistert.
»Also, Leute!« Marie hatte ein unternehmungslustiges Funkeln in den Augen. »Als Erstes müssen wir entlastende Beweise für Kira finden. Ich glaube nämlich nicht, dass sie eine Mörderin ist.«
»Ich auch nicht«, stimmte Franzi zu. »Beweise aufzutreiben, kann doch nicht so schwer sein. Am besten gehen wir noch mal in die Küche. Die ist dem Tatort am nächsten.«
In der Küche roch es verführerisch nach den Hühnchen, die bald fertig sein würden, aber Kim war der Appetit vergangen. Sie warf einen Blick auf den Küchenwecker. Die Digitalanzeige stand auf 8 Minuten, 30 Sekunden. Den drei !!! blieb also nicht viel Zeit für ihre Spurensuche. Rasch teilten sie sich auf und gingen die Küchenschubladen und Schränke durch.

Kim zog die Besteckschubladen auf. Da gab es nichts Auffälliges zu sehen. Messer, Gabeln und Löffel lagen ordentlich in den Besteckkästen. Eine Schublade darunter wurden verschiedene kleinere Küchengeräte aufbewahrt: eine Kartoffelpresse, Siebe, ein Eierkocher und eine Zitronenpresse. Dann fand Kim auch noch eine Box aus Aluminium. Was da wohl drin war?
Neugierig öffnete Kim die Box. »Seht mal her!«, sagte sie zu Marie und Franzi. »Das sind so komische Einzelteile. Werdet ihr daraus schlau?«
Ihre Freundinnen kamen herüber und beugten sich über den Inhalt der Box.
»Das sind Aufsätze für einen Stabmixer«, wusste Marie. »Mein Vater hat auch so einen. Ein tolles Teil übrigens. Man kann damit ganz schnell Suppen pürieren, Gemüse und Obst zerkleinern …«
»… und Cremes oder Eischnee schaumig rühren?« Kim hielt fragend einen Schneebesenaufsatz hoch.
»Ja, genau!« Marie lächelte. »Aber was ist mit dir? Du bist ja ganz blass geworden.«
»Alles okay? Willst du dich kurz hinsetzen?«, fragte Franzi.
Kim schüttelte den Kopf. »Es geht schon wieder. Mir ist nur gerade was eingefallen. Diesen Schneebesen da, den hab ich schon mal gesehen! Als wir in der Küche die Tomatensuppe zubereitet haben, ist Maxime der Schneebesen heruntergefallen. Ich hab ihn aufgehoben und nicht genau hingeschaut. Ich dachte, es sei ein ganz normaler Schneebesen, aber jetzt erinnere ich mich wieder, dass er auf dem Stabmixer gesteckt hat.«

Franzi hatte mit offenem Mund zugehört. »Oh nein! Und der Stabmixer ist das Tatwerkzeug.«
»Ganz genau«, bestätigte Kim. »Ich hab meine Fingerabdrücke auf dem Stabmixer hinterlassen und …«
»… und später hat Maxime den Schneebesen durch einen Messeraufsatz ausgetauscht«, beendete Marie aufgeregt den Satz. »Ich stand nämlich zu dem Zeitpunkt gerade zufällig neben ihm.«
Kim lehnte sich an den frei stehenden Küchenblock. Ihre Stimme war rau, als sie sagte: »Ich habe ihn getötet.« Rasch erzählte sie noch von ihrem Fund in der Speisekammer. »Der Baumwollhandschuh belastet mich zusätzlich. Die Beweiskette ist eindeutig.«
»Falsch!«, korrigierte Franzi sofort. »Du hast überhaupt nichts getan. *Kira* hat im Krimi-Dinner ihren Vater getötet. Das Krimi-Dinner ist nur ein Spiel mit einer Geschichte, die Maxime frei erfunden hat. Nichts davon ist wirklich passiert.«
Kim brachte ein schwaches Lächeln zustande. »Danke, dass du das noch mal so deutlich machst. Natürlich weiß ich, dass ich keine Mörderin bin, aber es fühlt sich trotzdem schrecklich an. So als ob ich schuldig wäre.«
»So ein Quatsch!«, rief Marie und warf mit einem energischen Schwung ihre Haare über die Schulter. »Darauf darfst du dich gar nicht erst einlassen. Vergiss die blöden Typen im Kickerraum! Eigentlich sollten wir uns freuen.«
»Freuen? Warum das denn?« Kim sah Marie entgeistert an.
Franzi hatte auch erst ratlos dreingesehen, aber dann hellte sich ihr Gesicht auf. »Marie hat recht. Wir haben das Krimi-

Rätsel gelöst, wir sind die Ersten! Die Hauptarbeit hast natürlich du geleistet, Kim, und deshalb hast du auch den Preis verdient.«

»Das finde ich auch«, sagte Marie. »Wir müssen nur noch zu Maxime gehen und ihn bitten, dass wir die Fingerabdrücke auf der Tatwaffe abnehmen und mit Kims bzw. Kiras Fingerabdrücken vergleichen dürfen.«

»Falls Fingerabdrücke drauf sind und Kira bei der Tat keine Handschuhe getragen hat«, schränkte Kim ein. »Ja, ich sollte mich wirklich freuen. Aus der Perspektive hab ich das Ganze noch gar nicht gesehen.«

Marie blickte ihre Freundinnen zufrieden an. »Sehr schön! Dann nichts wie los. Kommt, wir gehen zu Maxime.«

Die drei !!! machten sich auf die Suche. Im Erdgeschoss war der Koch nicht, im Garten und im ersten Stock auch nicht. Kim, Franzi und Marie kehrten zurück in die Küche, wo gerade die übrigen Teilnehmer langsam eintrudelten.

Eigentlich hatte Kim keine Lust, mit den anderen zu reden, aber sie gab sich einen Ruck und erkundigte sich so neutral wie möglich: »Hat jemand von euch Maxime gesehen?«

Lena zuckte mit den Achseln. »Nein. Keine Ahnung, wo er steckt.«

»Der ist mindestens schon eine halbe Stunde weg«, erzählte Sofie. »Ich hab ihn auch schon gesucht. Langsam wird es echt langweilig hier. Außerdem sind in ein paar Minuten die Hühnchen fertig.« Sofie wandte sich ab und unterhielt sich weiter mit ihren Freundinnen.

Merkwürdig, dachte Kim. Keiner schien sich große Gedanken über das Verschwinden des Kochs zu machen.

Die drei !!! dagegen sahen sich alarmiert an und gingen kurz raus aus der Küche, um ungestört reden zu können.
»Hier stimmt was nicht«, raunte Marie. »Ein Koch lässt seine Küche nicht aus den Augen. Und selbst wenn er weggemusst hätte, hätte er uns garantiert Bescheid gegeben.«
»Meint ihr, die Person im Garten könnte was mit seinem Verschwinden zu tun haben?«, überlegte Kim.
»Das wissen wir noch nicht«, sagte Franzi. »Jetzt sollten wir uns erst mal darum kümmern, was mit Maxime passiert ist!«

Einsatz für Ben und Lukas

»Wo bleibt ihr denn?« Marie war vorausgegangen und wartete ungeduldig auf dem obersten Treppenabsatz, der zum Speicher führte. Die drei !!! hatten beschlossen, das Gebäude systematisch von oben nach unten zu durchsuchen. Vielleicht konnten sie Maxime finden oder entdeckten dabei ja irgendeinen erhellenden Hinweis.

Kim und Franzi gingen die letzten Stufen zu Marie hoch. Kim war außer Atem, obwohl sie gar nicht schnell gelaufen war. Wo der Koch jetzt wohl gerade steckte? Machten sie sich unnötig Sorgen um ihn?

Franzi schien etwas Ähnliches zu denken. »Aber warum sollte Maxime auf den Speicher gegangen sein? Kochzutaten wird er dort ja wohl nicht aufbewahren.«

»Eher unwahrscheinlich«, meinte Marie. »Aber er könnte auf dem Speicher irgendeine aufwendige Spur für unser Krimi-Rätsel legen und dabei die Zeit vergessen haben.«

Zum zweiten Mal an diesem Abend öffnete Kim die Speichertür. »Maxime?«, rief sie in den Raum hinein.

Keine Antwort.

Die drei !!! betraten den Speicher. Die Dielen knarrten unter ihren Füßen. Als Kim sich umsah, schien alles so zu sein wie vorher, und dennoch hatte sie das merkwürdige Gefühl, dass irgendetwas nicht stimmte.

Marie ging zur alten Einbauküche hinüber und spähte hinter die Abdeckung des Backofens. Sie fing an zu husten. »Puh, was für eine staubige Luft!«

Kim und Franzi schritten den Raum ab, bahnten sich einen Weg zwischen dem Gerümpel hindurch und suchten, soweit es ging, alles gründlich ab – ohne Erfolg.
»Maxime? Versteckst du dich hier? Gehört das mit zum Spiel?«, fragte Franzi betont locker und fröhlich.
Wieder keine Antwort.
»Er ist nicht hier«, stellte Marie fest. »Lasst uns wieder gehen.«
Kim, die gerade vor einem alten Schaukelpferd stand, zögerte. Das merkwürdige Gefühl war immer noch da. Kim strich über die struppige Mähne des Schaukelpferdes. Das Tier hatte kohlschwarze, durchdringende Augen. Mit einem Schaudern wandte Kim sich ab. Kaum hatte sie sich umgedreht, hörte sie ein leises Knacken hinter ihrem Rücken.
»Was war das?« Franzi hatte das Geräusch auch gehört.
»Ich weiß nicht«, raunte Marie.
Die drei !!! blieben wie erstarrt stehen. Kim kniff die Augen zusammen. Hatten sie wirklich alles abgesucht? Der Speicher war einfach zu groß. Plötzlich fiel Kims Blick auf einen alten roten Polstersessel, auf dem ein Wust aus dunkelblauen Kissen und Decken ruhte. Aber das allein störte Kim nicht. Zwischen Sessel, Decken und Kissen schien sich noch etwas zu verbergen.
Stumm zeigte sie auf den Sessel. Franzi und Marie nickten.
»Maxime, bist du das?«, versuchte Kim es ein letztes Mal.
Keine Antwort, aber die Decken bewegten sich! Darunter versteckte sich jemand, der nicht entdeckt werden wollte.
»Wir haben Sie gesehen«, sagte Kim ruhig. »Kommen Sie da raus.«

Stille.
»Was soll denn dieses alberne Versteckspiel?«, ergänzte Marie mit einer leicht genervten Stimme.
Da knackte es wieder. Der Deckenhaufen bewegte sich, schien wie von unsichtbarer Kraft weiter nach oben zu schweben. Dann ging auf einmal alles ganz schnell.
Rumms!
Der Sessel knallte krachend zu Boden. Eine Gestalt tauchte zwischen den Kissen und Decken auf. Sie war ebenfalls dunkelblau gekleidet und trug eine Kapuze, die ihr Gesicht fast völlig verdeckte. Wie ein sprungbereiter Panther streckte sie sich und hechtete aus ihrem Versteck heraus. Etwas Helles blitzte auf. Kim erkannte sofort, was es war: der auffällige Gürtel mit der silbernen Schnalle!
»Stehen bleiben!«, forderte Marie.
»Halt!«, rief Franzi und streckte die Arme aus.
Die Person stieß Franzi mit voller Wucht zur Seite.
»Was soll das?!« Franzi verlor das Gleichgewicht und stürzte.
»Aaaah!«
Der Schrei klang so schrecklich, dass Marie und Kim sofort zu ihrer Freundin eilten.
»Alles klar?«
»Wie geht's dir?«
Franzi verzog vor Schmerzen das Gesicht. »Ist halb so wild. Los, rennt dem Typen hinterher!«
Marie sprang auf die Füße. »Machen wir.«
Kim und Marie nahmen die Verfolgung auf. Die Gestalt im Kapuzenpulli war bereits durch die Tür geflohen. Die Detektivinnen hörten, wie sie fast lautlos die Treppe hinunterglitt.

Die drei blickten sich an und nahmen sofort die Verfolgung auf.
»Dich kriegen wir schon noch!«, zischte Marie, während sie Kim überholte und immer zwei Treppenstufen auf einmal nahm.
Kim rannte keuchend hinterher. Wie oft hatte sie sich vorgenommen, mehr Sport zu machen, und den Vorsatz dann doch nicht in die Tat umgesetzt. Jetzt rächte es sich wieder. Als Kim endlich mit Seitenstechen unten ankam, winkte Marie ihr bereits hektisch zu.
»Los, komm, er will in den Garten abhauen!«
Kim ignorierte das Seitenstechen und gab noch mal alles. Im Flur prallte sie gegen einen Widerstand. Jemand hatte sich ihr in den Weg gestellt.
»Lass mich durch!«, rief Kim ungeduldig.
»Hoppla!«, rief Gero. »Nicht so schnell, ihr zwei.«
Er und sein Freund Fabian waren wie aus dem Nichts aufgetaucht. Fabian hatte auch Marie gestoppt.
»Was soll das?«, regte Marie sich auf.
Fabian und Gero blieben ungerührt vor ihnen stehen. »Langweilt ihr euch auch so wie wir?«, fragte Gero. »Wir überlegen gerade, ob wir woanders hingehen sollen, ins Kino oder so. Hier war eben so ein Typ, der uns Bescheid gegeben hat, dass Maxime dringend wegmusste und heute nicht mehr wiederkommt. Also, geht ihr auch mit ins Kino?«
»Wir glauben nicht, dass sich Maxime einfach so aus dem Staub gemacht hat«, erklärte Kim. »Geht ihr ruhig ins Kino. Wir wollen der Sache auf den Grund gehen.«
Fabian drehte sich zum Kücheneingang um. »Leute, schaut

mal kurz her! Die drei Profi-Detektivinnen hier *wollen der Sache auf den Grund gehen*. Die geben ganz schön an.«
Lena, Sofie, Johanna, Helene und die anderen Jungs kamen neugierig heraus.
Helene versuchte Kim, Franzi und Marie zu überreden, mit ins Kino zu kommen. Als sie merkte, dass sie keinen Erfolg haben würde, war sie eingeschnappt. »Ihr seid echt Spielverderber!«
Die drei !!! schwiegen. Endlich wurden sie in Ruhe gelassen. Fabian drängte zum Aufbruch. »Los, schaltet alle Herdplatten und den Backofen aus! Wir hauen ab.«
Die Gruppe ging zur Garderobe. Lachend und quatschend verließen sie das Jugendzentrum.
»Ich fasse es nicht!«, beschwerte sich Marie, als die drei !!! wieder alleine waren. »Diese Idioten haben unsere Ermittlungen gestört. Ich war so dicht dran an dem seltsamen Typen aus dem Speicher, aber jetzt ist er wahrscheinlich längst über den Gartenzaun gesprungen und sonst wo hingelaufen.«
»Das ist echt Pech.« Franzi rieb ihren rechten Oberschenkel. »Alles, was uns bleibt, sind meine blauen Flecke.«
»Geht's dir gut?«, fragte Kim besorgt.
Franzi winkte ab. »Klar, macht euch um mich keine Sorgen. Ich frage mich nur, was die Person auf dem Speicher gesucht hat. Und natürlich, was wir jetzt als Nächstes tun sollen.«
Maries Augen leuchteten auf einmal verheißungsvoll. »Ich hab noch eine Überraschung für euch! Als ich den Typen schnappen wollte, habe ich ihn an seinem Gürtel festgehalten. Leider konnte er sich losreißen und ist verschwunden. Aber ich habe trotzdem etwas von ihm erwischt.«

Marie angelte das Beweisstück aus ihrer Hosentasche, wohin sie es schnell gesteckt hatte.
»Statt seinen Gürtel zu fassen zu kriegen, hatte ich plötzlich das hier in der Hand!«
Kim nahm das Indiz behutsam entgegen, betrachtete es von allen Seiten und zuckte dann mit den Schultern. »Das ist ja nur ein Papierstreifen.«
Franzi sah sich den Streifen genauer an. »Er ist beschriftet, aber die Buchstaben ergeben keinen Sinn.«
»Das ist bestimmt eine geheime Botschaft«, vermutete Marie. »Der Code sagt mir leider gar nichts.«
Kim schüttelte den Kopf und auch Franzi musste passen. »Im Hauptquartier haben wir ein Buch zum Entschlüsseln von Geheimschriften, aber das hilft uns jetzt wenig.«
Ratlos betrachteten die Detektivinnen den Papierstreifen. Da musste Kim plötzlich an das Abendessen zu Hause nach ihrer Krimi-Lesung denken. »Ben und Lukas haben seit Neuestem ja auch ein Buch mit Geheimbotschaften! Sie tragen es ständig mit sich herum und sind ganz verrückt danach.«
Franzi klopfte Kim auf die Schulter. »Bingo! Du rufst sie an und sie sollen ihr Buch herbringen.«
Kim zog die Stirn kraus. »Ich weiß nicht, ob das wirklich so eine gute Idee ist. Die beiden sind gerade nicht gut auf mich zu sprechen. Wir gehen uns aus dem Weg, seit wir uns wegen Pablo gestritten haben.«
»Na und? Das spielt jetzt keine Rolle«, fand Marie. »Unser Fall ist wichtiger.«
Franzi war auch dafür, also gab Kim sich einen Ruck und griff zum Handy. »Hallo, Ben! Leg nicht auf. Ich muss dir

was sagen.« Sie erzählte kurz, dass die drei !!! zufällig eine Geheimbotschaft gefunden hatten.
»Du brauchst unser Buch?«, nahm Ben ihre Frage vorweg.
»Ja, genau.« Kim gab sich Mühe, besonders freundlich zu sein. »Könntet ihr es vielleicht ins Jugendzentrum bringen?«
»Sind schon unterwegs!«, hörte sie Lukas aus dem Hintergrund rufen.
Kim steckte ungläubig das Handy zurück. »Die kommen tatsächlich!«

Ben und Lukas mussten wie verrückt auf ihren Fahrrädern gerast sein. Keine fünf Minuten später standen sie vor dem Eingang des Jugendzentrums. Die drei !!! hatten dort bereits auf sie gewartet, um zu vermeiden, dass die Zwillinge Sturm läuteten.
»Da … ist … das Buch!«, brachte Ben mit hochrotem Kopf keuchend heraus und drückte Kim das schon ganz zerlesene Buch in die Hand.
»Also, wo ist die Geheimschrift?« Lukas drängte ungefragt mit seinem Bruder in den Flur hinein. Seine scharfen Augen erspähten leider den Papierstreifen, bevor Marie ihn verstecken konnte.
»Danke, dass ihr so schnell gekommen seid«, sagte Kim. »Das war wirklich lieb von euch, aber jetzt dürft ihr gerne wieder nach Hause fahren. Mama macht sich sonst bestimmt Sorgen.«
Ben grinste. »Die doch nicht! Mama ist noch mal in die Schule gefahren, um in Ruhe zu arbeiten.«
»Dann macht Papa sich Sorgen.« Kim lächelte ihre Brüder

geduldig an, während sie innerlich wie auf Kohlen saß. »Richtet ihm schöne Grüße aus. Bei mir kann es ein bisschen später werden.«
An ihren strahlenden Gesichtern merkte Kim, dass die Zwillinge ihr gar nicht richtig zugehört hatten.
»Wir sind Profis!«, prahlte Lukas. »Ohne uns seid ihr total aufgeschmissen.«
»Zeigt uns den Papierstreifen«, bat Ben.
Kim, Franzi und Marie wechselten einen kurzen Blick und waren sich sofort einig. Das kam überhaupt nicht infrage. Es gab ein ungeschriebenes Gesetz der drei !!!: Niemand gab Einzelheiten der Ermittlungen an Außenstehende weiter – das galt bei extrem neugierigen Außenstehenden ganz besonders.
Marie schüttelte bedauernd den Kopf. »Das würden wir sehr gerne tun, aber uns sind leider die Hände gebunden. Der Zettel ist streng vertraulich, topsecret!«
»Ist er vom Geheimdienst?« Lukas hüpfte aufgeregt von einem Fuß auf den anderen.
Franzi legte den Finger auf ihre Lippen und raunte verschwörerisch: »James Bond hat ihn uns persönlich zukommen lassen.«
»Krass!«, rutschte es Ben heraus. »Ist 007 mit seinem Sportwagen gekommen?«
»Mit dem Heli«, verriet Marie. »Bond hatte es eilig. Er musste gleich weiter nach Monte Carlo. Diese fiesen Waffenschieber sind wieder hinter ihm her.«
Ehrfürchtig betrachteten die Zwillinge abwechselnd den Zettel und die Detektivinnen.

»Topsecret«, wiederholte Lukas ernsthaft. »Alles klar. Dann hauen wir mal lieber schnell wieder ab.«
»Gute Idee.« Kim konnte ihre Erleichterung nur schlecht verbergen.
Ben hob seinen rechten Daumen. »Viel Erfolg!«
»Danke«, sagte Marie und hielt Kims Brüdern die Tür auf. »Kommt gut nach Hause, ihr zwei.«
Die Zwillinge rannten zurück zu ihren Fahrrädern. Marie schloss die Tür und drehte sich lachend zu ihren Freundinnen um. »Ich dachte schon, die wollen hier Wurzeln schlagen.«
»Zum Glück nicht«, rief Kim. »Kommt! Jetzt können wir endlich die Geheimbotschaft entschlüsseln.«
Sie gingen in den Kickerraum, schnappten sich drei Stühle und beugten sich gemeinsam über den Papierstreifen, der sowohl Zahlen als auch Buchstaben enthielt.
Die Aufgabe war ganz schön anspruchsvoll. Kim, Franzi und Marie mussten mehrfach im Buch der Zwillinge hin und her blättern, bis sie endlich den richtigen Entschlüsselungs-Code gefunden hatten.
»Die *Skytale von Sparta*«, las Franzi laut vor. »Dabei handelt es sich um eine der ältesten Verschlüsselungsmethoden. Sie entstand vor ungefähr 2500 Jahren in der griechischen Stadt Sparta. Die Regierung benutzte die Skytale, um geheime militärische Nachrichten zu übermitteln.«
Kim, die ihren Notizblock herausgeholt hatte, kaute nachdenklich an ihrem Kugelschreiber. »Was für ein komisches Wort! Was bedeutet ›Skytale‹?«
Marie fand die Erklärung auf der nächsten Seite. »Das Wort

kommt aus dem Griechischen und heißt übersetzt ›Stab‹ oder ›Stock‹. Um eine Nachricht zu verfassen, wickelte der Absender ein Pergamentband oder einen Streifen Leder um die Skytale, schrieb die Botschaft der Länge nach auf den umwickelten Stab und wickelte danach den beschrifteten Streifen wieder ab. Das Band ohne den Stab wurde dem Empfänger überbracht. Fiel das Band in die falschen Hände, konnte die Nachricht nicht gelesen werden, da die Buchstaben scheinbar willkürlich auf dem Band angeordnet sind. Der richtige Empfänger des Bandes konnte die Botschaft mit einer identischen Skytale, einem Stab mit dem gleichen Durchmesser, lesen.«

Kim hatte aufmerksam zugehört. »Das heißt, der Durchmesser des Stabes ist der geheime Schlüssel bei diesem Codierungsverfahren?«

»Ganz genau«, bestätigte Marie. Dann wurde auch ihr die volle Tragweite dieser Entdeckung bewusst. »Oh nein! Ohne den passenden Stab sind wir völlig aufgeschmissen!«

Franzi nickte düster. »So ist es. Die Schrift können wir momentan nicht entziffern. Wir können höchstens überlegen, wer den Papierstreifen beschriftet hat, der verdächtige Typ vom Speicher oder vielleicht auch jemand ganz anders?«

Kim klopfte mit dem Kugelschreiberende auf den Schreibtisch. »Ich tippe auf den Typen vom Speicher. Vielleicht hat er irgendeine Botschaft für einen Komplizen daraufgeschrieben und die beiden wollen gemeinsam ein krummes Ding drehen.«

»Zum Beispiel Maxime entführen«, spann Marie den Gedankenfaden weiter. »Bei ihm springt garantiert ein fettes

Lösegeld heraus, entweder von seinen Eltern oder von seiner Frau.«

Franzi stand auf und schob ihren Stuhl zurück. »Tut mir leid, aber das sind alles wilde Spekulationen. Wir wissen momentan gar nichts. Und der Aufklärung unseres Falls sind wir kein bisschen näher gekommen.«

»Jetzt übertreibst du.« Kim versuchte das Positive zu sehen. »Ich finde, wir sollten uns noch mal auf die Suche nach Maxime machen.«

Gefangen hoch drei

Die drei !!! kehrten zurück in den Flur. Ein kurzer Blick in die Küche genügte, um zu sehen, dass Maxime nicht dort war. Marie nutzte die Gelegenheit, um aus ihrem Anorak ein Lipgloss zu holen. Als sie sich umdrehte, blieb sie an einem Knopf ihres Anoraks hängen, der sich in ihren offenen Haaren verfangen hatte.

Marie ärgerte sich. »Auch das noch! Könnt ihr mir bitte helfen? Ich hänge hier fest.«

Erst probierte es Franzi, und als sie nicht weiterkam, fummelte Kim geduldig an dem Knopf herum. Nach einer Weile schaffte sie es, Maries Haare aus der Falle zu befreien.

»Du bist ein Schatz!«, bedankte sich Marie. Dann stutzte sie. »Warum rümpfst du denn die Nase? Rieche ich nicht gut?«

»Doch, ich mag dein Maiglöckchen-Parfüm.« Kim war ein Geruch in die Nase gestiegen, den sie heute Abend bereits an einem anderen Ort wahrgenommen hatte: vor dem offenen Fenster des Kickerraums. Ein starker, unverwechselbarer Geruch. Schnuppernd beugte sie sich über die Anoraks und Mäntel. Bald hatte sie die Quelle gefunden. »Die grüne Jacke hier riecht nach Fisch!«

»Das ist ja interessant.« Franzi kratzte sich nachdenklich an der Stirn. »Die Jacke hing vorher noch nicht da, das weiß ich genau. Als ich meinen Karton mit den Erinnerungsstücken gesucht habe, hab ich nämlich die Garderobe ganz genau untersucht.

»Wem die wohl gehört?«, rätselte Marie.

Kim hatte eine Vermutung. »Die gehört wahrscheinlich dem Verdächtigen, der sich bei den Mülltonnen herumgedrückt hat. Da dachte ich noch, der Geruch kommt aus den Tonnen, aber da hab ich mich wohl getäuscht.«
Die drei !!! nahmen die Jacke genauer unter die Lupe. Es war eine schlichte, einfarbige Steppjacke, aber der Stoff und die Verarbeitung wirkten teuer.
»Da ist ja ein Logo auf der Brust!« Franzi war sich zunächst nicht sicher, ob es sich um das Logo der Kleiderfirma handelte. »Sieht wie ein Krebs aus. Und da sind noch zwei blaue Wellen drum herum.«
»Hier steht auch noch was drunter«, entdeckte Kim. »*Sudpfanne.*«
»Wartet kurz, so ein Logo müsste man doch im Internet finden.« Marie aktivierte ihr Smartphone. Als sie bei ihrer Suchmaschine die Stichworte »Sudpfanne« und die Stadt der drei !!! eingab, wurde ihr an erster Stelle eine Homepage angezeigt. »*Restaurant Sudpfanne*«, las Marie laut vor. »Edelfische und Meeresfrüchte. Um frühzeitige Tischreservierung wird gebeten. Das ist ja interessant! Ich wette, die Jacke gehört jemandem, der im Restaurant arbeitet: einem Kellner oder einem Koch.«
»Gibt es auf der Seite auch Infos zum Besitzer des Restaurants?«, erkundigte sich Franzi.
Schnell bewegte Marie sich durchs Menü der Homepage. »Ja, gibt es. Er heißt Arthur Kosta und hat bereits mehrere Auszeichnungen bekommen.« Marie zeigte das Foto des Kochs herum. Im Gegensatz zu Maxime war Arthur deutlich jünger, sehr schlank und hatte eine sportliche Figur. Die

blauen Augen des Kochs standen eng zusammen und gaben seinem Blick etwas Strenges, obwohl er offen in die Kamera lächelte.

»Haltet euch fest!«, rief Marie. »In Arthurs Biografie steht, dass er früher bei Maxime in Paris das Kochen gelernt hat. Maxime hatte dort nämlich eine Zeit lang ein Sterne-Restaurant.«

Kim pfiff durch die Zähne. »Jetzt wird es langsam spannend.«

»Später hat Arthur dann ebenfalls eine steile Karriere hingelegt«, berichtete Marie. »Er ist sehr erfolgreich mit seinem Fischlokal in der Südstadt, nur im Fernsehen war er bis jetzt anscheinend noch nicht.«

»Die beiden sind also Kollegen«, fasste Franzi die neuen Erkenntnisse zusammen. »Was meint ihr? Gehört Arthur die Jacke? Und ist er die Person, die sich heimlich ins Jugendzentrum geschlichen hat und möglicherweise auch auf dem Speicher war? Sieht ganz danach aus, oder? Aber was hat er vor?«

Marie ließ ihr Handy sinken. »Ich schätze, er will zu Maxime. Aber er hat nicht wie jeder normale Mensch an der Tür geklingelt, also hat er ein Geheimnis oder irgendetwas Verbotenes vor.«

Kim fröstelte, obwohl es im Flur ausgesprochen warm war. »Ich hab kein gutes Gefühl bei der ganzen Sache!«

Plötzlich hörten sie ein Rumpeln.

»Was war das?«, flüsterte Franzi.

»Das kam aus dem Keller!«, raunte Marie.

Die drei !!! schlichen auf Zehenspitzen zur Kellertreppe. Die

Steinstufen waren abgetreten und rutschig. Kühle, feuchte Kellerluft schlug ihnen entgegen. Kim zog zitternd die Schultern hoch. Hier war es wirklich kalt.
Als sie unten im düsteren Gang angelangt waren, der von einer trüben, gelben Lampe nur mühsam erhellt wurde, hörten sie auf einmal leise Stimmen. Sie kamen vom Ende des Gangs. Hinter dem offenen Vorratsraum und dem Heizungskeller gab es noch eine dritte Tür, von der sie nicht wussten, was sich dahinter verbarg.
»Wir müssen näher ran«, flüsterte Franzi.
Leise gingen sie weiter. Marie sah sich die Tür genauer an. In der oberen Mitte entdeckte sie eine Aussparung. »Das ist ein Lüftungsschlitz! Wie praktisch.« Sie holte ihr Smartphone heraus, stellte die Aufnahmefunktion ein und hielt das Gerät vor den Lüftungsschlitz.
Kim reckte ihren Kopf in die Höhe und lauschte angestrengt. Jetzt waren die Worte gut zu verstehen.
»... hast du dir selbst zuzuschreiben, dass du hier weiter ausharren musst«, sagte ein Mann. Seine Stimme war kalt und unfreundlich. »Du hast mich reingelegt! In der alten Einbauküche auf dem Speicher war gar kein Zettel mit den Zutaten deines geheimen Curryrezeptes.«
»Ach, nein?« Maxime räusperte sich und musste husten. »Tut mir echt leid, Arthur, dann muss ich mich getäuscht haben.«
»Es tut dir überhaupt nicht leid und du wolltest bloß Zeit rausschinden«, sagte Arthur höhnisch. »Spar dir die Mühe, du kommst hier nicht raus, bevor du mir nicht dein Rezept verraten hast!«

»Aber das weiß ich doch nicht auswendig!«, stöhnte Maxime. »Ich kenne so viele verschiedene Rezepte …«
Arthur lachte. »Kein Problem! Ich helfe deinem Gedächtnis auf die Sprünge und zeig dir den Papierstreifen mit dem verschlüsselten Rezept, den ich aus der Küche deines Restaurants mitgenommen habe. Du hättest ihn dort wirklich nicht so offen herumliegen lassen dürfen. Das war ja fast schon eine Einladung, ihn zu klauen.«
Eine Pause entstand. Dann fluchte Arthur: »Mist! Wo ist der verdammte Papierstreifen? Ich hatte ihn unter meinem Gürtel versteckt!«
Maxime schwieg.
»Das muss eines dieser Mädchen gewesen sein, die mich verfolgt haben!« Arthur stieß einen zweiten Fluch aus. »Sie hat an meinem Gürtel gezerrt. Ich bin abgehauen und hab nicht gemerkt, dass sie den Papierstreifen erwischt hat.«
»Das tut mir leid«, sagte Maxime leise.
Arthur wurde dafür umso lauter. »Ach, leid tut dir das schon wieder? Du Heuchler! Reden wir endlich Klartext. Ich weiß, dass du dein Curryrezept mit der Skytale verschlüsselt hast. Jetzt verrate mir endlich die Zutaten!«
»Ich habe keine Ahnung, was du meinst«, sagte Maxime. »Skytale? Hab ich nie gehört.«
Marie trat vom Lüftungsschlitz zurück und stoppte die Aufnahme. »Wir haben sein Geständnis. Besser geht's nicht!«
Franzi warf Kim und Marie einen herausfordernden Blick zu. »Worauf warten wir noch? Den Kerl sollten wir überrumpeln. Nichts wie rein!«
Kims Herz rutschte in die Magengegend. Warum war sie nur

so ängstlich? Am liebsten wäre Kim umgedreht und weggerannt. Aber sie holte tief Luft und sagte: »Also gut. Auf mein Kommando, drei, zwei, eins … LOS!«
Entschlossen riss Kim die Tür auf, Franzi und Marie dicht hinter sich. Die drei !!! stürmten den Kellerraum.
»Arthur Kosta, Sie sind ein Dieb! Sie haben Maximes Curryrezept geklaut. Wir haben Ihr freiwilliges Geständnis mit dem Handy aufgenommen«, sagte Kim laut, während Marie ihr Smartphone in die Höhe hielt.
Arthur fuhr herum. »Was … macht … *ihr* denn hier?«
»Das Gleiche könnten wir Sie fragen«, gab Franzi schlagfertig zurück. »Was machen *Sie* eigentlich hier? Was haben Sie mit Maxime vor? Warum haben Sie ihn hier eingesperrt?«
Erst jetzt konnte Kim Maxime sehen, der vorher von Arthurs Körper verdeckt worden war. Der Koch saß im Schneidersitz auf dem kalten Estrich-Boden. Sein Gesicht war so weiß wie Mehl und seine dunklen Augen vor Schreck geweitet. Maxime hielt die Hände hinter dem Rücken verschränkt und lehnte an einem Regal mit Putzmitteln. Hinter ihm schauten die Enden eines groben Stricks hervor, die verrieten, dass Arthur seinen Konkurrenten ans Regal gefesselt hatte.
»Wie kommen Sie dazu, Maxime zu fesseln?«, empörte sich Kim.
Arthur hatte seinen kleinen Schock überwunden. »Das geht euch gar nichts an! Verschwindet gefälligst und geht wieder rauf zu den anderen Kindern.«
Die drei !!! dachten nicht daran und blieben selbstbewusst stehen.
»Wir sind keine Kinder, wir sind Profi-Detektivinnen.« Marie

zückte eine Visitenkarte des Clubs und hielt sie Arthur unter die Nase.

Als er sie nehmen wollte, zog Marie die Karte schnell wieder weg. »Verbrechern bieten wir grundsätzlich nicht unsere Dienste an«, stellte sie klar. »Wir bleiben hier, bis wir die Sache aufgeklärt und Sie Maxime freigelassen haben.«

Mit so viel Selbstbewusstsein hatte Arthur nicht gerechnet. »Ihr drei habt mir gerade noch gefehlt!«, stöhnte er. »Von euch lasse ich mir gar nichts vorschreiben. Ich werde Maxime nicht freilassen. Das ist eine Privatsache zwischen ihm und mir.«

»Privatsache?« Franzi lachte trocken. »Von wegen! Das ist eine Sache für die Polizei.«

Arthur starrte Franzi verblüfft an, dann lachte er laut auf. »Die Polizei? Das wird ja immer schöner. Leute, geht wieder rauf in die Küche, das hier ist eine Sache zwischen Erwachsenen.«

»Wir bleiben«, wiederholte Marie mit fester Stimme und präsentierte Arthur das Indiz. »Hier ist der Streifen, den Sie verloren haben. Wir haben ihn gefunden und werden ihn der Polizei als Beweisstück vorlegen.«

Zum ersten Mal meldete sich Maxime zu Wort: »Ihr seid großartig, danke!«

»Spar dir die überflüssigen Kommentare«, wies Arthur seinen Kollegen zurecht. »Zu dir komme ich später noch.« Er starrte die drei !!! an und verzog spöttisch die Mundwinkel. »Ach, wirklich? So was Gemeines würdet ihr tun?« Dann wandte er sich an Kim: »Oh, ich glaube, du hast da einen Blutfleck.«

»Wo?«, fragte Kim besorgt und suchte ihren Pulli ab.

Franzi und Marie ahnten, dass Arthur Kim eine Falle gestellt hatte. Doch während sie noch überlegten, waren sie für eine Sekunde unaufmerksam. Eine entscheidende Sekunde.

Arthur schoss nach vorne, streckte die Hand aus und riss Marie den Papierstreifen aus der Hand.

»Stopp!«, protestierte Marie. »Geben Sie den sofort wieder her.«

Arthur dachte nicht daran. Blitzschnell ließ er den Papierstreifen in seiner Hosentasche verschwinden. Dann betrachtete er Kim, Franzi und Marie mit einem scheinbar mitfühlenden Lächeln. »Ich glaube, es ist Zeit …« Er machte eine Kunstpause.

»Wofür?«, fragte Franzi misstrauisch.

»Für einen kleinen Ortswechsel«, antwortete Arthur ruhig. Wieder schoss er völlig unerwartet nach vorne, packte Kim und Marie bei den Armen und wollte auch Franzi schnappen. Doch die wich seinem Griff geschickt aus, rannte zur Tür und flüchtete.

»Na warte, dich krieg ich schon noch!«, brüllte Arthur ihr hinterher.
Kim trat mit dem Fuß gegen Arthurs Schienbein. »Hände weg von mir! Lassen Sie uns sofort los!«
Marie versuchte, Arthurs Hand von ihrem Arm zu lösen, aber der Griff des Kochs war wie ein Schraubstock.
»Mitkommen!«, befahl Arthur und schubste die beiden Detektivinnen auf den Gang hinaus. Energisch schob er sie in Richtung Heizungsraum, schloss auch dort die Tür auf, machte das Licht an und gab Kim und Marie einen unsanften Stoß.
Die Freundinnen stolperten übereinander und verloren das Gleichgewicht. Kim sah den Steinboden auf sich zukommen. Sie hörte das Brummen des Heizungskessels, hörte Marie neben sich aufschreien. Danach kam der Schmerz. Er fuhr wie ein Blitz in ihr Knie. Was war das für ein hässliches Geräusch? Erst Sekunden später begriff Kim, dass sie mit dem rechten Knie über den Boden geschrammt war. Marie fiel mit dem vollen Gewicht ihres Körpers auf ihren Bauch. Kim bekam keine Luft mehr, versuchte Marie wegzuschieben.
»Tut … mir leid!«, ächzte Marie. Sie rollte sich auf die Seite und plumpste auf den Boden. Wütend rappelte sie sich auf. »Das werden Sie noch bereuen!«
»Das glaube ich nicht«, sagte Arthur. »Viel Spaß im Heizungskeller. Ihr habt doch nichts dagegen, wenn ich euch jetzt verlasse? Leider kann ich euch nicht länger Gesellschaft leisten. Ich habe wichtige Dinge zu erledigen.« Er kehrte ihnen den Rücken zu und ging zum Sicherungskasten. Schlag-

artig erlosch das Licht. Kurz darauf fiel die Tür ins Schloss, und von außen wurde ein Schlüssel herumgedreht. Arthurs Schritte verhallten. Er war weg.
Kim robbte sich tastend zur Wand vor und presste ihren Rücken gegen den kalten Beton. Erst jetzt konnte sie ihren Körper wieder spüren. Vorher war er wie taub gewesen.

Die Liebe siegt?

»Wie geht es dir? Bist du okay?«, fragte Marie leise.
»Ja«, behauptete Kim, was bis zu einem gewissen Grad auch stimmte. Die Verletzung an ihrem Knie war halb so schlimm. Kim hatte mit den Fingern die Stelle abgetastet und kaum feuchtes Blut gespürt. »Ich hab mir das Knie ein bisschen aufgeschürft, ist nicht der Rede wert.«
Marie seufzte. »Du bist echt tapfer. Mir geht es auch gut. Hab Glück gehabt beim Sturz, bin weich auf deinen Bauch gefallen. Danke.«
»Das freut mich.« Kim lauschte ihrer Stimme nach. Sie hallte im Raum und hörte sich fremd an, als würde sie nicht zu ihr gehören.
Marie rutschte neben Kim und suchte nach der Hand ihrer Freundin. Als sie sie gefunden hatte, schloss sie ihre kalten Finger eng um Kims Hand. »Wenigstens sind wir zu zweit, und Franzi wird uns finden, ganz bald.«
Kim war sich da keineswegs so sicher. Selbst wenn Franzi herausfand, wohin Arthur sie verschleppt hatte, brauchte sie einen Schlüssel, um zu ihnen zu gelangen. Die Tür zum Heizungsraum war viel zu dick. Die konnte man nicht einfach mit einem Dietrich oder einer Scheckkarte knacken. Seufzend lehnte Kim ihren Kopf an Maries Schulter.
Die Minuten verstrichen. Kim konzentrierte sich auf das gleichmäßige Brummen des Heizungskessels. Sie versuchte, ihren Atemrhythmus darauf einzustellen: ein, aus, ein, aus. Langsam ließ die furchtbare Angst ein wenig nach. Aber die

Hilflosigkeit war fast genauso schlimm. Sie konnten nichts anderes tun als warten.
Marie sah das anders. Sie löste ihre Hand aus Kims und stand auf. »Wo ist denn dieser doofe Sicherungskasten?« Es klapperte und plötzlich wurde es hell. »Na also!« Marie rieb sich zufrieden die Hände.
Kim blinzelte. Nach der völligen Dunkelheit blendete sie das Licht wie ein Scheinwerfer. Als sich ihre Augen umgestellt hatten, blickte Kim sich um. Der Heizungskeller war ein nüchterner Raum. Jetzt wirkte er gar nicht mehr so eng und bedrohlich. Kim lockerte ihre verkrampften Schultern.
Da hörten sie plötzlich ein leises Klopfen an der Tür. Inständig hoffte Kim, dass es Franzi war.
»Kim, Marie? Hört ihr mich?«
»Franzi!« Kim war so froh, die Stimme ihrer Freundin zu hören. Sie sprang auf und presste ihr Gesicht an die Tür. »Kannst du Hilfe holen?«
Franzi lachte. »Nicht nötig. Ich bin heute selbst die Polizei, euer Freund und Helfer.« Ein Schlüssel drehte sich im Schloss und die Tür schwang auf. »Ich dachte, euch ist vielleicht langweilig hier drin.« Ihre Augen blitzten schelmisch.
»Allerdings!«, rief Marie und fiel Franzi um den Hals.
Kim musste ihre Freundin auch umarmen. Sie konnte ihr Glück immer noch nicht fassen. »Wie hast du es bloß geschafft, uns zu finden und an den Schlüssel zu kommen?«
Franzi machte beschwörende Handbewegungen. »Ich habe magische Kräfte, wusstet ihr das nicht?«
Marie kicherte. »Nein, das wussten wir nicht. Aber jetzt mal im Ernst. Erzähl!«

Franzi schwenkte ein grünes Band, an dem ein halbes Dutzend Schlüssel baumelten. »Also, erst mal hab ich mich im Vorratsraum versteckt und vom offenen Eingang aus beobachtet, wie dieser fiese Arthur euch eingesperrt hat. Am liebsten hätte ich mich sofort auf ihn gestürzt, aber ich wollte zuerst euch befreien. Also bin ich die Treppe hoch und ins Büro des Jugendzentrums-Leiters marschiert. Der Schlüsselbund hängt dort für alle sichtbar an der Wand. Der Rest war ein Kinderspiel.«

Kim sah ihre Freundin bewundernd an. »Von wegen Kinderspiel! Du bist genial.«

Marie strich entschlossen ihre Ponyfransen aus der Stirn. »Wir können natürlich so weitermachen mit den Komplimenten, aber ich würde vorschlagen, dass wir noch mal zum Putzraum zurückgehen. Vielleicht ist Arthur ja wieder dort und verhört den armen Maxime weiter.«

»Gute Idee«, sagte Franzi und Kim nickte.

Marie lag richtig mit ihrer Vermutung. Die drei !!! hörten deutlich durch den Lüftungsschlitz, wie Arthur auf Maxime einredete und ihn weichzukochen versuchte.

Plötzlich kam jemand hastig die Kellertreppe herunter. Im letzten Moment verschwanden die Detektivinnen im Vorratsraum. Eine blonde junge Frau rauschte an ihnen vorbei. Sie hatte schwarze, halbhohe Stiefel mit hohen Absätzen und ein knielanges, figurbetontes Kleid an, über dem sie eine Lederjacke trug. Die Frau rannte zielstrebig auf die Tür des Putzraums zu, hinter der die Stimmen immer lauter wurden.

»Maxime, hier bist du! Ich hab dich schon überall gesucht.«

Die Tür klappte hinter ihr zu und ein Stimmengewirr ertön-

te. Die drei !!! liefen rasch zurück zum Lüftungsschlitz und sperrten die Ohren auf.
»Louna, du?« Maxime war überrascht. »Drehst du jetzt etwa auch noch krumme Dinger mit dem Typen?«
»Wie kommst du darauf, ich habe dich gesucht!«, erklärte Louna lebhaft. »Ich muss dich was Dringendes fragen und habe dich angerufen, aber es ging nur die Mailbox dran. Im Restaurant haben sie mir gesagt, dass du heute ein Krimi-Dinner im Jugendzentrum veranstaltest. Also bin ich hierhergefahren, doch niemand scheint mehr hier zu sein. Nachdem ich auch in der Küche niemanden gefunden hatte, habe ich mir echt Sorgen gemacht. Plötzlich hab ich Geräusche aus dem Keller gehört und bin sofort heruntergelaufen. Dann finde ich dich hier gefesselt! Was ist denn los?« Louna holte tief Luft und beendete ihren Redefluss.
»Du bist meine Rettung!«, rief Maxime. »Arthur hält mich hier gegen meinen Willen fest.«
»Nur eine reine Vorsichtsmaßnahme«, verteidigte sich Arthur. »Ich wollte in Ruhe mit Maxime reden.«
Louna schwieg ein paar Sekunden, dann legte sie wieder los: »Bist du jetzt total durchgeknallt, Arthur? Komm, Maxime, wir gehen. Ich bringe dich hier weg. Das musst du dir nicht gefallen lassen. – Nein, Arthur, du bleibst hier. Sei froh, dass ich nicht sofort die Polizei rufe!«
»In Deckung!«, zischte Marie.
Die drei !!! flitzten zurück in ihr Versteck. Da ging auch schon die Tür auf. Maxime und Louna rauschten an den Detektivinnen vorbei, ohne sie zu bemerken. Louna sah aus wie ein blonder Racheengel. Sie hatte Maxime bei der Hand

genommen und lief gemeinsam mit ihm die Kellertreppe hoch.
Sobald die beiden aus dem Blickfeld verschwunden waren, richtete Kim sich auf. »Los, wir müssen ihnen folgen!«
Franzi sprintete als Erste die Kellertreppe hoch, dicht gefolgt von Marie und Kim. Es gelang den Detektivinnen, unbemerkt das Jugendzentrum zu verlassen.
Auf dem Gehsteig vor dem Haupteingang parkte ein dunkelgrüner Van. Maxime saß bereits auf dem Beifahrersitz und Louna schwang sich gerade hinters Steuer. Der Motor heulte auf und das Auto brauste davon.
Die drei !!! hasteten zu ihren Fahrrädern. Wieder war Franzi die Schnellste. Sie schloss ihr Fahrrad auf und düste in einem Affenzahn los. Kim trat wie verrückt in die Pedale. Sie konnte Franzis Vorsprung aufholen. Marie war jetzt auch neben ihr. Die kalte Abendluft kühlte die erhitzten Gesichter der Detektivinnen. Zu dritt verfolgten sie den dunkelgrünen Wagen.
Zum Glück gab es einige rote Ampeln unterwegs, wodurch Louna in ihrem schnellen Tempo gebremst wurde. Die drei !!! schafften es, immer wieder zum Van aufzuschließen. Louna fuhr in Richtung Westen, am Zoo vorbei und weiter zum Bahnhof. Jenseits der Bahngleise, wo gerade Neubauten entstanden, bremste Louna plötzlich ab und quetschte sich mit dem Wagen in die letzte freie Parklücke vor einem eleganten Café mit großen Fensterfronten. Louna und Maxime stiegen aus und verschwanden im Lokal.
Nachdem die drei !!! ihre Fahrräder abgesperrt hatten, folgten sie den beiden. Louna und Maxime setzten sich an einen

Tisch am Fenster. Neben ihnen ragte eine mannshohe Zimmerpflanze auf.

Franzi grinste. »So was nennt man idealen Sichtschutz.«

Die Detektivinnen nahmen am Tisch hinter der Zimmerpflanze Platz. Kaum saßen sie, stand auch schon ein gut aussehender junger Kellner neben ihnen. »Hallo, ihr drei! Was darf ich euch bringen?«

»Drei Cola bitte«, sagte Marie. »Mit Strohhalmen und extra viel Eis.«

Der Kellner lächelte. »Sehr gerne.«

Als er in Richtung Bar davonging, konnten die drei !!! sich endlich auf das Gespräch am Nachbartisch konzentrieren.

»… mache mir solche Vorwürfe!«, sagte Maxime gerade. »Was sollen die Jugendlichen bloß von mir denken? Kein Wunder, dass sie irgendwann abgehauen sind!«

Louna legte ihre Hand auf Maximes Arm. »Sie werden es überleben. Dir wird schon eine Entschädigung für das abgebrochene Krimi-Dinner einfallen. Hör zu, ich muss dir etwas wirklich Wichtiges sagen.«

Maxime sah Louna fragend an. »Jetzt hast du mich aber neugierig gemacht.«

Der Kellner brachte zwei Cappuccino für die beiden. Louna nahm einen kleinen Schluck und setzte beinahe zärtlich die Tasse ab. »Du fehlst mir, weißt du das? Erst dachte ich, es ist nur ein sentimentales Gefühl, weil ich an die schönen Zeiten unserer Ehe gedacht habe. Aber dann hab ich gemerkt, dass ich dich nicht vergessen kann.«

Maxime hörte gebannt zu. Seinen Cappuccino rührte er nicht an, wahrscheinlich hatte er ihn komplett vergessen.

Die drei !!! bekamen ihre eisgekühlten Getränke, während Louna weiterredete: »Das Erlebnis heute mit Arthur hat mir endgültig die Augen geöffnet. Ja, ich bin mit ihm zusammen – noch! –, aber er ist mir fremd geworden. Der Stress in seinem Restaurant hat ihn stark verändert. Er ist hart geworden und leider auch sehr überheblich. Was wollte er eigentlich von dir?«
Maxime winkte ab. »Erzähle ich dir später.«
»Ja, also«, Louna drehte den Kaffeelöffel zwischen ihren Fingern hin und her, »wie soll ich es dir am besten sagen … ich hab ein bisschen Angst, wie du darauf reagieren wirst …«
Maxime sah seine Exfrau erschrocken an. »Ist irgendwas Schlimmes passiert? Geht es dir nicht gut?«
»Nein, nein«, versicherte Louna. »Es geht mir bestens. Maxime, ich glaube, ich liebe dich immer noch wie am ersten Tag!«
Maxime suchte nach Worten. »Das … das ist … ja …«
»Das ist …?«, hakte Louna vorsichtig nach. »Gut oder schlecht?«
Ein Strahlen ging über Maximes Gesicht. »Gut natürlich!«
Louna lachte erleichtert auf. »Ich hab mir überlegt … also, wie wäre es, wenn ich zu dir zurückkomme? Wir beide, wieder ein Paar, so wie in alten Zeiten? Aber dieses Mal streiten wir nicht mehr, dieses Mal machen wir alles richtig.«
»Ja, ja, JA!«, rief Maxime so laut, dass sich die Gäste an den Nachbartischen interessiert umdrehten. Maxime wurde rot. Er wartete, bis die anderen wieder ihre Gespräche aufnahmen, dann nahm er Lounas Hand und drückte einen zärtlichen Kuss darauf.

Louna lachte wieder und strahlte vor Glück. »Also, wie soll unsere wunderbare gemeinsame Zukunft aussehen?«
Maxime fing sofort an, Pläne zu schmieden. »Wir verreisen, holen endlich unsere Flitterwochen nach, die damals ins Wasser gefallen sind! Zwei Wochen Paris, und danach machen wir ein neues Restaurant auf, ein indisches. Kein Sternelokal, sondern ein kleines, gemütliches Restaurant.«
Louna stützte ihre Ellbogen auf und sah Maxime verträumt an. »Das klingt toll. Ich weiß auch schon, wie es heißen wird: *1001 Nacht*.«
»Perfekt!« Maxime klatschte in die Hände. »Die indische Küche wächst mir immer mehr ans Herz. Sie ist so vielfältig, ich liebe die tollen Gewürze. Als ich vor ein paar Monaten in Indien war, bin ich stundenlang über die Märkte geschlendert und habe überall neue Gewürze eingekauft.«
»Ja, das kann ich mir sehr gut vorstellen«, sagte Louna. »Aber für ein indisches Restaurant brauchen wir natürlich unbedingt eine exklusive Currymischung. Meinst du, du kannst eine ganz besondere Mischung zusammenstellen?«
»Die habe ich schon«, erzählte Maxime mit dem Stolz des großen Erfinders. »Ich verrate ich sie dir!«
Louna rückte neugierig weiter an ihn heran.
Maxime nahm sich eine Papierserviette und bedeckte sie von oben bis unten mit kleinen Buchstaben und Zahlen. Als er fertig war, schob er die Serviette über den Tisch zu Louna hinüber.
Louna las sich das Rezept durch. Ihr Lächeln wurde dabei immer breiter. Plötzlich sprang sie so abrupt auf, dass ihr Stuhl umkippte.

»Was hast du?«, fragte Maxime besorgt. »Du bist ja ganz aufgeregt.«

»Oh ja, das bin ich auch«, bestätigte Louna. Hastig steckte sie die Serviette ein. »Komm mit, ich hab eine Idee. Wir müssen sofort los.«

Küchengeheimnisse

Maxime warf einen Geldschein auf den Tisch. Dann lief er Hand in Hand mit Louna aus dem Café.

Kim stöhnte. »Diese Hektik bringt mich noch um! Was haben die beiden jetzt schon wieder vor?«

»Scheint spannend weiterzugehen«, meinte Franzi. »Das sollten wir uns auf keinen Fall entgehen lassen.«

Marie winkte dem Kellner und gab ihm ein viel zu hohes Trinkgeld.

»Das wäre aber nicht nötig gewesen!«, bedankte er sich und steckte den Geldschein ein.

»Tschüss!«, rief Marie. Dann lief sie mit Kim und Franzi schnell zum Ausgang.

»Wo bringst du mich denn hin?«, hörten sie Maxime auf dem Parkplatz noch fragen, als er in den Van einstieg.

Louna lächelte geheimnisvoll.

Sie startete den Wagen und die drei !!! fuhren wieder hinterher. Diesmal hatte es Louna nicht ganz so eilig. Schon bald wurde klar, wo sie hinwollte: zum alten Campingplatz am Fluss im Südosten der Stadt.

Louna stellte das Auto vor dem Eingang ab und stieg mit Maxime aus.

Kim, Franzi und Marie versteckten sich mit den Fahrrädern in den Büschen, um nicht entdeckt zu werden.

»Jetzt weiß ich, was du vorhast!« Maxime nahm seine Exfrau liebevoll in den Arm. »Sag bloß, er steht da noch, unser alter Campingwagen?«

»Natürlich steht er da noch«, sagte Louna. »Ich wollte ihn nicht verkaufen. Hier haben wir doch so schöne Stunden verbracht während unserer Ehe. Das werde ich nie vergessen.«
»Ich auch nicht.« Maxime nahm Lounas Gesicht in seine Hände und küsste sie.
Sanft löste sie sich aus seiner Umarmung. »Es ist verrückt, oder? Eigentlich wollten wir ja mit dem Wohnwagen öfter in Urlaub fahren, aber das hat nur einmal geklappt, weil wir beide beruflich immer so viel zu tun hatten.«
»Ich fand das ja total romantisch«, gestand Maxime. »Ein Wohnwagen, der immer am selben Ort bleibt. Wir konnten jederzeit vorbeischauen, wenn wir Abstand vom Alltagsstress brauchten.«
Louna legte den Arm um Maximes Taille. »Komm! Die eigentliche Überraschung wartet noch auf dich.«
Maxime ging mit ihr über das freie Gelände und die drei !!! folgten dem Paar. Der Kies knirschte unter ihren Schuhen, doch die beiden vor ihnen turtelten so verliebt miteinander, dass sie ihre Umwelt nicht mehr wahrzunehmen schienen.
Kim zog den Reißverschluss ihrer Jacke bis zum Hals hoch. Hier war es deutlich kühler als in der Stadt. Ein frischer Wind wehte über den offenen Platz, der von großen Eichen umgeben war und auf dem nur noch vereinzelt Wohnwagen standen. Eine Handvoll Straßenlaternen tauchte das Gelände in schummriges Licht.
Als ein Waldkauz dicht vor Kim aufflog und mit lautem »Huhuhh!« weiterzog, zuckte Kim zusammen. »Hast du mich aber erschreckt«, murmelte sie.

Franzi warf ihr einen warnenden Blick zu. »Psst! Nicht so laut.«

Ihre Vorsicht war in diesem Fall unbegründet. Louna und Maxime drehten sich kein einziges Mal um. Dicht aneinandergeschmiegt liefen sie über den Platz und steuerten auf einen kleinen, hellbraunen Wohnwagen zu, der von einem Gartenzwerg mit Laterne bewacht wurde. Das altmodische Campingmodell aus den Siebzigerjahren wirkte heute beinahe wieder modern. Kim fand besonders die Gardinen mit den knallgelben Blumen toll.

Während die drei !!! hinter dem ehemaligen Haus des Platzwartes in Deckung gingen, schloss Louna den Wohnwagen auf. »Puh! Die Luft ist leider ziemlich abgestanden«, stellte sie fest. »Warte, gleich wird es besser.« Sie kippte das verstaubte Fenster. »Setz dich doch. Mach es dir gemütlich.«

Trotz geöffnetem Fenster war ihre Stimme nicht gut zu verstehen. Kim, Franzi und Marie wagten sich ein paar Schritte näher heran. Geduckt schlichen sie zum Wohnwagen hinüber.

»Was ist das denn?«, fragte Maxime verwundert. »Du hast Sachen aus dem Büro mitgebracht?«

»Nein.« Louna raschelte mit Papieren. »Das ist ein Vertrag, der nur dich und mich etwas angeht: die Aufhebung unseres Scheidungsverfahrens.«

»Du … du bist … unglaublich!« Maxime war völlig überrumpelt. »Die Überraschung ist dir wirklich geglückt. Aber das bedeutet ja … Du hattest also schon länger vor, zu mir zurückzukommen?«

»Ja«, gab Louna offen zu. »Natürlich wusste ich nicht, wie du

reagieren würdest, aber ich wollte nichts dem Zufall überlassen. Deshalb bin ich zum Notar gegangen und habe mir von ihm den Aufhebungsvertrag aufsetzen lassen.«
Maxime lachte. »Du hast an alles gedacht. Ich bin sprachlos!«
Louna wurde verlegen. »Du findest es nicht voreilig? Vielleicht willst du es dir ja noch mal durch den Kopf gehen lassen, ob du dich wirklich wieder mit deiner verrückten Exfrau einlassen möchtest.«
»Nein, nein!«, versicherte Maxime. »Das will ich sogar unbedingt. Zeig her, wo muss ich unterschreiben?«
Louna zögerte. »Lass dich bitte von mir nicht hetzen. Du solltest dir den Vertrag in Ruhe durchlesen.«
Wieder raschelten die Papiere. Kurz darauf räusperte sich Maxime. »Ja, du hast recht, das sollte ich wohl tun, aber ich vertraue dir. In unserer Ehe hast du doch auch immer alles so zuverlässig und perfekt geregelt: die lästige Steuer, die Versicherungen, die Buchhaltung und so weiter.«
»Das freut mich«, sagte Louna. »Danke für dein Vertrauen. Hier bitte, da hast du einen Kugelschreiber.«
Die drei !!! hörten ein kratzendes Geräusch. Maxime setzte schwungvoll seine Unterschrift unter die beiden Vertragsexemplare.
»Ich danke dir. Jetzt steht unserem glücklichen Neuanfang nichts mehr im Wege!« Kim sah, wie Louna ihn umarmte und dann beide Exemplare des Vertrages in ihrer Handtasche verstauen wollte.
»Sollte ich nicht mein Exemplar behalten?«, fragte Maxime.
Louna zögerte. »Äh … ja, natürlich!« Dann wandte sie sich zur Tür.

»Rückzug!«, zischte Kim.
Die Detektivinnen rannten zum Haus des Platzwartes. Da kam Louna auch schon aus dem Wohnwagen heraus. Sie schien es jetzt sehr eilig zu haben.
»Warte! Wo willst du denn so schnell hin?«, hörten sie Maxime rufen.
Louna grinste. »Wird nicht verraten.« Sie zückte einen Schlüssel und verschloss die Wohnwagentür von außen.
»Hey!«, rief Maxime. »Das musst du nicht machen, ich bleibe auch freiwillig bei dir.«
Louna winkte ihrem Mann durchs Fenster zu. »Leb wohl. Wie konntest du nur glauben, dass ich zu dir zurückwill? Ich liebe Arthur, er ist nämlich nicht so naiv wie du!« Sie drehte sich lachend um und lief zu ihrem Auto.
Fassungslos beobachtete Kim die Szene. Was ging denn hier ab? Das war kein romantisches Spiel mehr zwischen zwei Verliebten. Louna hatte Maxime eingesperrt!
Auch der Koch begriff jetzt den Ernst seiner Lage und trommelte gegen die Wohnwagentür. »Was soll das, Louna? Das ist nicht witzig, lass mich raus!«
Doch Louna saß längst hinter dem Steuer ihres Wagens. Hastig ließ sie den Motor an. Als sie den ersten Gang einlegte und auf das Gaspedal trat, spritzte der Kies unter den Hinterrädern nach allen Seiten weg.
Geschockt sahen sich die drei !!! an.
»Louna hat Maxime die ganze Zeit ein Riesentheater vorgespielt und auch wir sind ihr auf den Leim gegangen. Was machen wir jetzt bloß?« Franzi blickte ratlos in die Runde.
Marie hatte die rettende Idee: »Wir müssen uns aufteilen.

Ich bleibe hier und versuche Maxime zu befreien. Ihr fahrt Louna mit den Rädern hinterher.«

»Einverstanden«, sagte Kim sofort. »Wir simsen dir dann, wo wir sind. Viel Glück und bis später!«

Kim und Franzi stürmten zu ihren Fahrrädern. Es wurde höchste Zeit, dass sie die Verfolgung aufnahmen. Louna war bereits ein gutes Stück vorausgefahren und setzte bei der Ausfahrt des Campingplatzes den linken Blinker.

»Sie will bestimmt zurück zum Bahnhof«, vermutete Franzi und düste los.

Als Kim sich wieder in den Sattel schwang, fühlten sich ihre Oberschenkel wie Blei an und ihr aufgeschürftes Knie tat wieder höllisch weh. Aber sie ließ sich nichts anmerken und biss tapfer die Zähne zusammen. Trotzdem hatte sie diesmal große Mühe, mit Franzi mitzuhalten. Keuchend trat sie in die Pedale. Hoffentlich kurvte Louna nicht ewig durch die Stadt!

Franzi sollte recht behalten. Louna kehrte zum Bahnhof zurück und fuhr von dort weiter in Richtung Süden. Auf einer großen, zweispurigen Straße trat sie aufs Gas. Franzi sah nur noch die roten Rücklichter. Kurz darauf verschwand der Van völlig aus ihrem Blickfeld.

Franzi bremste ab und wartete auf Kim. »Sie hat uns abgehängt.«

»Mist!«, ärgerte sich Kim. »Das … darf doch nicht …. wahr sein!« Ihr war furchtbar heiß geworden, die Ponyfransen klebten an ihrer Stirn und sie konnte eine ganze Weile nur stoßweise atmen.

Franzi trommelte mit den Fingern auf den Lenker. »Das

war's dann wohl. Am besten drehen wir um und fahren zurück zu Marie.«

Kim schüttelte den Kopf. »So schnell geben wir nicht auf. Ich hab eine starke Vermutung, wo Louna gerade hinfährt. Arthurs Fischlokal ist doch in der Südstadt.«

Franzis Augen weiteten sich. »Du meinst, das ist alles ein abgekartertes Spiel zwischen Louna und Arthur?«

»Ich fürchte, ja.« Kim wischte sich mit einem Taschentuch den Schweiß von der Stirn. »Sonst ergibt Lounas Spiel mit Maxime keinen Sinn.«

Franzi schaute entsetzt. »Oh Mann! Du hast recht. Sie hat es sogar offen zugegeben, dass sie Arthur doch mehr mag als Maxime. Wahrscheinlich war das von Anfang an so. Louna hat Maxime ihre Gefühle nur vorgetäuscht.«

Kim nickte düster. »Die ganze Befreiungsaktion im Keller kam mir sowieso ziemlich merkwürdig vor. Louna ist durch so viele Zufälle auf Maxime gestoßen. Und dann hat sie ihn auch noch wie so eine Action-Superheldin gerettet.«

»Stimmt, das war wie im Film, ganz schön unrealistisch.« Franzi kramte in ihrer Jackentasche. »Ich schau gleich mal auf dem Handy nach, wie wir am schnellsten zum Restaurant kommen.« Ihre Finger flogen über das Display. »Alles klar. Ich hab die Route. Es ist gar nicht mehr weit von hier.«

»Das ist eine gute Nachricht«, seufzte Kim. Ihr Knie tat immer noch weh und ihre Oberschenkel fühlten sich schon jetzt nach einem kommenden Muskelkater an. Für den Endspurt mobilisierte Kim noch einmal ihre letzten Kraftreserven.

Zehn Minuten später waren die beiden am Ziel. Arthurs Fischrestaurant lag in der Nähe des Hafens. Das rote Back-

steingebäude war früher ein Kornspeicher gewesen und aufwendig renoviert worden. Der Architekt hatte hellblaue Fensterläden anbringen und das Dach mit verschiedenfarbigen glasierten Dachziegeln decken lassen.
»Sieht toll aus«, musste Franzi zugeben. »Erinnert mich an die hübschen Ferienhäuser in Südfrankreich.«
Kim hatte keine Ruhe, um das Haus ausgiebig zu bewundern. Was ihr jedoch auffiel, war ein goldener Krebs, der über der Eingangstür hing und sich im Wind drehte.
Franzi musterte inzwischen die Speisekarte. »Stell dir vor, hier gibt es ein Menü mit zehn Gängen! Hui, und das kostet ein halbes Vermögen.« Sie warf einen Blick durchs Fenster. »Die Leute da drin sind total fein angezogen, die Frauen mit Kostüm und die Männer mit Anzug und Krawatte.«
Kim wurde auf einmal mulmig zumute. »Äh … und wie stellen wir es an, dass die uns nicht gleich wieder rauswerfen?«
»Daran hab ich noch gar nicht gedacht«, gestand Franzi.
Kim und Franzi sahen sich betreten an.
»Wir müssen uns irgendeine glaubwürdige Geschichte ausdenken.« Kim trat von einem Fuß auf den anderen, während sie angestrengt nachdachte. Plötzlich schnippte sie mit den Fingern. »Ich hab's! Das könnte funktionieren.« Schnell erklärte sie Franzi ihren Plan.
Ihre Freundin grinste. »Das ist gut. Genauso machen wir's.«
Kim atmete ein paarmal tief durch. Dann wollte sie die Tür aufmachen. Doch bevor ihre Hand auf der Klinke lag, wurde die Tür von innen geöffnet.
Ein Ober im grauen Anzug deutete lächelnd eine knappe Verbeugung an. »Herzlich willkommen in der *Sudpfanne*!«

Kim und Franzi betraten den Vorraum des Restaurants. Leise Klaviermusik empfing sie, untermalt vom gedämpften Gemurmel der Gäste. Die Tische waren mit Kerzen in silbernen Leuchtern und weißen Orchideen geschmückt. Ein aromatischer Duft nach Fisch und frischen Kräutern durchzog das vornehme Lokal.

Der Ober hielt Ausschau, ob hinter den Mädchen Erwachsene nachkamen. Als er niemanden entdeckte, wurde sein Lächeln schmaler. »Wo sind denn eure Eltern? Suchen sie noch einen Parkplatz?«

Kim schüttelte den Kopf. »Nein, wir sind alleine hier.«

»Oh!« Der Ober runzelte die Stirn. »Dann muss ich euch bitten, wieder nach Hause zu gehen. Wir sind für heute Abend leider ausgebucht.«

Jetzt schaltete sich Franzi ein. »Wir sind nicht zum Essen hier. Wir haben in der Schule gerade eine Projektwoche zum Thema ›Das Meer und seine Bewohner‹. Könnten wir kurz in die Küche gehen und zuschauen, wie die Fische zubereitet werden? Toll wäre es natürlich auch, wenn wir mit einem der Köche sprechen könnten.«

Der Ober machte ein strenges Gesicht. »Ich fürchte, das wird nicht möglich sein. Unsere Köche haben alle Hände voll zu tun.«

Kim lächelte besonders herzlich. »Das wissen wir. Aber es wäre wirklich sehr wichtig für uns! Wir müssen ein Referat halten und haben schon alles vorbereitet. Wir freuen uns schon seit Wochen auf diese Gelegenheit.«

Franzi nickt eifrig. »Genau. Erst haben wir uns nicht getraut, weil wir dachten, das geht wahrscheinlich sowieso nicht, aber dann haben wir all unseren Mut zusammengenommen und sind hierher …«

»*Bonsoir!* Guten Abend. Ich bin Charles. Wen haben wir denn da?« Ein Ober mit einer Flasche Rotwein in der Hand schaute vorbei. Er hatte einen starken französischen Akzent und zwinkerte den Mädchen freundlich zu.

Sein Kollege klärte ihn über die Situation auf.

»Das ist ja nett!«, sagte Charles. »Sei nicht so streng, Bernhard. Was spricht dagegen, dass die Mädchen einen kurzen Blick in die Küche werfen?«

Die Gesichtsmuskeln des ersten Obers entspannten sich. »Nun gut … Warum nicht? Aber wirklich nur ganz kurz, hört ihr?«

»Danke!«, riefen Kim und Franzi wie aus einem Mund.

Bernhard führte die Detektivinnen an der Bar vorbei zu einer Glastür, die automatisch aufschwang, sobald sie sich ihr näherten. In der hell erleuchteten, großen Küche ging es hektisch zu. Die Köche standen nebeneinander an ihren Herdstationen und kochten um die Wette. Mehrere Ober flitzten umher, trugen die fertig dekorierten Teller nach draußen und brachten die leer gegessenen Teller wieder zurück.

Kim sah sich aufmerksam um. Da alle Köche weiße Schürzen und Hauben trugen, war es gar nicht so leicht, jemanden ausfindig zu machen. Waren Arthur und Louna auch hier? Kim konnte sie auf den ersten Blick nicht finden.

Bernhard winkte einen jungen Koch heran, der gerade Pause hatte. »Hier sind zwei Mädchen, die für die Schule ein Referat über Meeresfische machen müssen. Hättest du vielleicht ein paar Minuten, um ihre Fragen zu beantworten?«

Kim und Franzi wurden vom Koch mit einem fröhlichen »Hallo! Klar mach ich das!« begrüßt. Er wischte sich die Hände an einem Geschirrtuch ab und ging mit ihnen in einen offenen Nebenraum der Küche, in dem sich Getränkekästen stapelten. »Ich bin Hugo. Was möchtet ihr denn wissen? Wie kann ich euch weiterhelfen?«
Kim und Franzi sahen sich hilflos an. So weit waren sie mit ihrem Plan leider nicht gekommen.
Franzi versuchte ihre Unsicherheit zu überspielen: »Danke, dass wir hier sein dürfen! Wir haben natürlich ganz viele Fragen … also … Wie viele Fische werden denn an einem Abend hier so gegessen?«
Hugo überlegte. »Hmm … ich schätze, zweihundert werden es schon sein. Wir haben auf der Karte fast ausschließlich Fischgerichte. Selbstverständlich achten wir auf artgerechten Fang und verwenden keine vom Aussterben bedrohten Fischarten. Sehr beliebt ist zum Beispiel der Bachsaibling aus heimischen Gewässern, den ihr gerade gesehen habt.«
Kim schrieb auf ihrem Notizblock mit. »Gibt es eine Zubereitung, die besonders häufig ist? Irgendeine besondere Soße zum Beispiel?«
»Wir legen Wert auf Vielfalt. Dicke Sahnesoßen sind längst aus der Mode gekommen«, sagte Hugo und strich dabei lächelnd über seinen Bauch. »Wir kochen hier gerne den Fisch ganz natürlich in seinem eigenen Sud. So bleiben die Nährstoffe erhalten und wir sparen Kalorien. Unsere Küche ist leicht und sehr bekömmlich.«
»Gibt es auch Currygerichte auf der Karte?«, erkundigte sich Franzi und behielt dabei die Köche im Auge.

»Selbstverständlich«, sagte Hugo. »Unseren Hummer bereiten wir mit Curry zu und achten dabei besonders …«
Franzi war abgelenkt. Während Hugo mit großen Gesten erklärte, woher der Hummer kam, entdeckte sie plötzlich Arthur und Louna. Die beiden trugen lange weiße Schürzen und Kochhauben und standen etwas abseits an einer Station im hinteren Bereich der Küche. Vor ihnen auf der Arbeitsplatte waren mehrere kleine Gläser aufgereiht. Franzi gab Kim ein Zeichen.
Die nickte. Franzi gab ihr Sichtschutz, damit Kim sich, ohne dass Hugo es mitbekam, in die Küche schleichen konnte.
Kim näherte sich Arthur und Louna von hinten. Die beiden waren zum Glück ganz in ihre Arbeit vertieft und ließen sich auch von dem Lärm nicht aus der Ruhe bringen. Als Kim sich zu ihnen vorgearbeitet hatte, sah sie, dass Arthur einen großen Mörser an seinen Bauch gedrückt hatte. Mit der rechten Hand hielt er einen Stößel, mit dem er den Inhalt des Mörsers zerrieb.
Louna sah ihm gespannt zu. »Wie lange dauert es denn noch?«
»Nicht mehr lange«, versicherte Arthur. »Gleich ist das Curry fertig – Maximes Spezialcurry. Schon ewig habe ich darauf gewartet! Ich habe so oft versucht, ihm das Rezept zu entlocken. Endlich kann ich aus seinem Schatten treten und berühmt werden. Berühmter als er, so wie ich es schon längst verdient habe!«
Louna legte Arthur eine Hand auf die Schulter. »Du hast es dir verdient! Maxime nutzt sein Rezept überhaupt nicht. Er war noch nie besonders geschäftstüchtig. Dabei liegt es doch

auf der Hand. So ein tolles Curry darf man nicht nur im Restaurant verwenden, das muss man im großen Stil als Gewürz vertreiben …«

»… über einen Online-Shop für Kunden ganz besonders erlesener Kochzutaten«, beendete Arthur den Satz. »Das war meine Idee, vergiss das nicht, meine Liebe!«

»Das werde ich nie vergessen!«, sagte Louna und strich Arthur zärtlich über den Kopf. »Du bist fertig? Prima! Dann fülle ich das Curry gleich in die Gläser ab und wir lagern sie erst mal hier in der Kühlkammer, bis wir einen neuen Ort gefunden haben.«

Kim hatte genug gehört. Sie war entsetzt und glücklich zugleich. Jetzt konnten sie den Verbrechern das Handwerk legen. Leise entfernte sie sich und ging zu Franzi zurück.

Inzwischen hatte Hugo seinen kleinen Vortrag über Hummer beendet und machte ein sorgenvolles Gesicht. »Ich würde ja gerne noch länger mit euch plaudern, aber leider ruft die Pflicht. Ich muss dringend weiterarbeiten, sonst verhungern unsere Gäste.«

»Dazu dürfen wir es natürlich nicht kommen lassen«, sagte Franzi lachend. »Vielen Dank für alles. Jetzt haben wir richtig tolles Material für unser Referat.«

»Auf Wiedersehen!«, rief Kim in die Runde.

Die Köche, die gerade eine Hand frei hatten, winkten den Mädchen zum Abschied zu.

Franzi konnte es kaum erwarten, Kims Bericht zu hören. Draußen auf dem Gehsteig vor dem Lokal erfuhr sie endlich, was Kim beobachtet hatte.

»Diese Louna wird mir immer unsympathischer«, stellte

Kim fest. »Die hat ja überhaupt keine Skrupel. Und auf die lange Bank schiebt sie auch nichts.«
»Da haben wir ausnahmsweise mal was gemeinsam.« Franzi zog ihr Handy aus der Jackentasche und schrieb eine SMS an Marie.

In der Falle

Kaum waren Kim und Franzi mit ihren Fahrrädern davongedüst, rannte Marie zum Wohnwagen. »Keine Sorge, Maxime, ich hol dich hier raus.«

»Wer ist denn da?« Der Koch zog verwundert den Vorhang mit den knallgelben Blumen zur Seite. Als er Marie entdeckte, rief er erleichtert: »Dich schickt der Himmel. Ich dachte schon, hier auf dem alten Campingplatz findet mich kein Mensch.«

»Dauert nur ein paar Sekunden.« Marie fummelte mit ihrem Dietrich am Schloss herum, das zwar alt aussah, aber leider verblüffend viel Widerstand bot.

»Du kannst es dir auch einfacher machen«, sagte Maxime. »Unter dem Gartenzwerg da drüben müsste ein Zweitschlüssel sein.«

Marie ließ ihren Dietrich sinken. »Danke für den Tipp.« Sie ging auf den Gartenzwerg zu, kippte ihn nach hinten und sah unter seine Füße. »Da ist nichts.«

»Das verstehe ich nicht«, sagte Maxime. Dann stöhnte er. »Oder ich verstehe langsam doch. Louna ist auf Nummer sicher gegangen und hat das Versteck ausgetauscht.«

Marie brachte den Gartenzwerg zurück in die aufrechte Position. Als hätte ihm die Aktion nicht gefallen, schwenkte er empört seine Laterne. Dabei blinkte etwas hinter den Butzenscheiben. »Moment mal …« Marie fischte von oben mit der Hand hinein. »Ich hab den Schlüssel gefunden! Besonders einfallsreich war Louna ja nicht.«

Marie lief zurück zum Wohnwagen und steckte den Schlüssel ins Schloss. Er passte. Jetzt ließ sich mühelos die Tür öffnen. »Wir haben es geschafft. Du bist frei!«
Sie hatte erwartet, dass Maxime sofort aus seinem Gefängnis springen würde, aber stattdessen winkte er sie herein. »Komm bitte mal kurz. Ich muss dir was zeigen.«
Neugierig betrat Marie den Wohnwagen. Auch die Inneneinrichtung war typisch für die Siebzigerjahre. Die Einbauschränke waren dunkelbraun und auf dem Tisch der kleinen Sitzecke lag eine geblümte Wachstuchdecke. Maxime deutete auf ein Bündel eng bedruckter Papiere.
»Ist das der Vertrag mit der Aufhebung des Scheidungsverfahrens?« Marie quetschte sich auf die schmale Eckbank.
»Du hast es also mitbekommen?« Maxime stutzte. »Was machst du eigentlich hier draußen auf dem Campingplatz? Bist du Louna und mir heimlich gefolgt?«
»*Wir* sind euch gefolgt, ja«, antwortete Marie. »Meine Detektivkolleginnen Kim, Franzi und ich. Details erkläre ich später, wenn wir mehr Zeit haben.«
Maxime schüttelte ungläubig den Kopf. Dann seufzte er und wirkte auf einmal schuldbewusst. »Tja, leider geht es in diesem Vertrag überhaupt nicht um meine Ehe mit Louna und auch nicht um Scheidung oder eine Aufhebung davon.«
Marie zog fragend ihre linke Augenbraue hoch. »Um was geht es denn dann?«
Maxime ließ sich ihr gegenüber auf die Eckbank plumpsen. »Hier steht schwarz auf weiß, dass das Curryrezept angeblich gar nicht von mir stammt, sondern dass ich es selber gestohlen habe.«

»Wie bitte??« Marie nahm die Papiere in die Hand und überflog den Inhalt. »Du hast recht. Aber das ist leider nicht alles. Du hast außerdem unterschrieben, dass du ab sofort sämtliche Anteile an deiner Koch-Fernsehshow an Louna und Arthur abtrittst.«
Maxime fiel aus allen Wolken. »Nein! Wie konnte ich nur so blauäugig sein und das unterschreiben? Ich muss völlig verrückt gewesen sein!«
»Verliebt trifft es wahrscheinlich eher«, sagte Marie mitfühlend.
Maxime vergrub seinen Kopf in beiden Händen. »Ich begreife das alles nicht! Louna hat doch zu mir gesagt, dass sie mich liebt. Das war eine verdammte Lüge! Wie konnte sie mir das bloß antun?«
»Ich vermute, es ging ihr von Anfang an nur um das Curryrezept«, sagte Marie. »Louna und Arthur sind Komplizen. Sie haben dich nach Strich und Faden betrogen.«
Maxime schlug mit der Faust auf den Tisch. »Dann war es völlig umsonst, dass ich mein Curryrezept extra verschlüsselt habe, um es vor Konkurrenten zu schützen. Ich dachte, das ist genial, wenn ich meinen Lieblingskochlöffel als Skytale verwende, mit dem meine Mutter früher für mich gekocht hat, als ich noch ein kleiner Junge war. Der Stiel des Kochlöffels ist nämlich besonders dünn.«
»Die Idee *war* genial«, versuchte Marie den Koch zu trösten. »Mit Lounas Gerissenheit konntest du nun wirklich nicht rechnen.«
Wütend starrte Maxime die Papiere an. Dann streckte er plötzlich die Hand nach ihnen aus.

Marie ahnte, was er vorhatte. Schnell zog sie die Papiere zurück. »Es bringt nichts, den Vertrag zu zerreißen. Louna hat die zweite Ausführung mitgenommen.«
Der letzte Hoffnungsschimmer in Maximes Augen erlosch. Wie ein Häufchen Elend saß er nun auf der Eckbank.
Marie hatte Mitleid mit ihm. Das Schlimmste war, dass sie ihn nicht mal trösten oder ihm helfen konnte. Im Augenblick war sie genauso hilflos wie Maxime.
Es wurde still im Wohnwagen. Nur der Wind blies von außen gegen das Dach und rüttelte am offenen Fenster. Marie strich die Papiere glatt und richtete sich auf. Die drei !!! mussten Arthur und Louna überführen, am besten gleich heute Abend noch. Marie griff nach ihrem Handy und wollte Franzis Nummer wählen. In dem Moment machte es »Pling!«. Sie hatte eine SMS bekommen, von Franzi. Wenn das mal keine Gedankenübertragung war!

Hi Marie,
haben unseren Auftrag erfüllt. Wie sieht's bei dir aus? Ist M. wieder frei?
Treffpunkt Sudpfanne. Über diesen Link kommt ihr am schnellsten dorthin.
Bis gleich,
Franzi

Marie schrieb sofort zurück:
Auftrag auch erledigt. M. sucht noch nach einem Taxi, ich fahre mit dem Rad. Sind unterwegs! Marie

Fünfzehn Minuten später waren die drei !!! wieder komplett. Schnell sprachen sie sich ab und entwarfen eine Strategie. Dann traf auch schon Maxime ein. Er stieg so hastig aus dem Taxi, dass er über seine eigenen Füße stolperte. »Was habt ihr denn jetzt vor?«, wollte er wissen.
»Wir haben einen Plan«, sagte Marie. »Vertrau uns einfach und bleib im Hintergrund, bis wir dich um deine Mithilfe bitten. Es wird alles gut. Wir sind erfahrene Detektivinnen!«
Maxime musterte die Mädchen zweifelnd. Wahrscheinlich wurde ihm gerade klar, wie jung sie noch waren, im Grunde noch Kinder. Solche Blicke kannten die drei !!! und ließen sich von ihnen nicht beeindrucken.
Kim sah Maxime ruhig in die Augen. »Wir wissen, was wir tun.«
»Also gut«, meinte der Koch schließlich. »Ich vertraue euch.« Er hob die rechte Hand. »Ich drücke uns die Daumen. Viel Glück!«
»Viel Glück!«, wiederholte Kim. Dann streckte sie ihren Oberkörper und marschierte selbstbewusst auf das Lokal zu. Wieder ging die Eingangstür scheinbar wie von selbst auf. Bernhard im grauen Anzug machte eine knappe Verbeugung und sagte seinen gewohnten Spruch auf: »Herzlich willkommen in der … äh … Was wollt ihr denn schon wieder hier?«
»Wir haben was Wichtiges vergessen für unser Referat«, behauptete Franzi. »Und das ist übrigens unsere Mitschülerin Marie.«
Bernhard versperrte mit seinem Körper den Eingang. »Tut mir sehr leid, aber das geht wirklich nicht. Ihr könnt die Köche nicht noch mal stören.«

»Doch, ich glaube, das können wir«, widersprach Kim.
Bernhard wurde ungehalten. »Habe ich mich etwa nicht deutlich ausgedrückt? Ihr sollt nach Hause gehen.«
Marie schenkte dem Ober ein strahlendes Lächeln. »Ja, das haben wir gehört. Können Sie uns vielleicht noch sagen, wo die nächste U-Bahn-Station ist? Das wäre sehr nett.«
»Eigentlich ist das nicht meine Aufgabe, aber ich will mal nicht so sein.« Bernhard trat auf den Gehsteig hinaus und zeigte nach links. »Wenn ihr hier langgeht, kommt ihr auf die Hauptstraße und …«
»Danke schön!«, rief Marie fröhlich.
Der Weg war frei. Die drei !!! ignorierten Bernhards Protestrufe, schlüpften mit Maxime ins Restaurant hinein und liefen schnell zur Küche.
»Hallo, Hugo, da sind wir wieder.« Franzi begrüßte den Koch wie einen alten Bekannten. »Wo ist denn der Chef? Wir haben eine ganz wichtige Frage an ihn.«
»Chef! Da will dich jemand sprechen.« Hugo eilte zurück zu seiner Pfanne, in der ein Lachsfilet brutzelte.
Arthur tauchte hinter einem Stapel Getränkekisten auf. »Ja, was gibt's denn?« Als er die drei !!! erkannte, erstarb sein Lächeln. »Ihr habt hier nichts zu suchen! Wie seid ihr überhaupt aus dem Heizungskeller rausgekommen?«
»Das ist unser Detektivgeheimnis.« Marie verschränkte die Arme vor der Brust. »Wo ist Louna? Wir möchten gerne mit Ihnen beiden in Ruhe reden.«
Arthur tippte sich mit dem Zeigefinger gegen die Stirn. »Das könnt ihr euch abschminken! Wir sprechen nicht mit Minderjährigen, die ohne Erlaubnis mein Restaurant betreten.«

»Ach ja?« Kim musterte den Koch von oben bis unten. »Auch nicht, wenn es um Betrug und Entführung geht?«
Franzi schob Maxime nach vorne.
Arthur fielen fast die Augen aus dem Kopf. »Du??? Aber … Louna hat dich doch …« Er biss sich auf die Unterlippe, weil ihm klar wurde, dass er sich beinahe verraten hätte.
In dem Moment kam Louna aus dem Kühlraum. »Maxime! Du … b… bist … hier?«, stammelte sie.
»Damit hast du nicht gerechnet, was?«, sagte Maxime ruhig.
»Nein, ganz bestimmt nicht.« Louna strich nervös ihre Kochschürze glatt.
»Alles okay, Chef?«, fragte Hugo, der den Wortwechsel aus der Ferne verfolgt hatte. Auch die anderen Köche sahen neugierig herüber.
Arthur schlug einen geschäftsmäßigen Ton an. »Alles okay. Los, arbeitet weiter, die Gäste warten!« Sein Wunsch wurde umgehend ausgeführt. Arthur drehte sich wieder zu den drei !!! um. »Kommt mit. In meinem Büro sind wir ungestört.«
Kim, Franzi und Marie sahen sich triumphierend an.
»Na also, geht doch«, murmelte Kim, während sie ihr Handy herauszog und eine SMS abschickte, die sie bereits vorbereitet hatte.
Arthur führte die Detektivinnen und Maxime in sein Büro neben der Küche. Louna schloss hinter ihnen die Tür. Es gab nur einen Stuhl im ganzen Raum, also blieben die drei !!! stehen. Kim sah sich kurz um und entdeckte Arthur auf mehreren Gruppenfotos, umringt von seinen Köchen. Auf jedem Bild strahlte er selbstbewusst in die Kamera. Daneben

hingen in Bilderrahmen Preise, die er als Koch gewonnen hatte.
»Machen wir es kurz.« Arthur knipste die Lampe auf seinem Schreibtisch an. »Was habt ihr uns zu sagen?«
Marie holte tief Luft. »Wir sind Zeugen, dass Louna Maxime falsche Tatsachen vorgespielt und ihn einen Vertrag hat unterschreiben lassen, der angeblich die Scheidung aufheben sollte. In Wirklichkeit geht es darin um ganz andere Dinge.«
Marie ließ sich von Maxime den Vertrag reichen. »Nach dem Wortlaut hier soll Ihr Kollege sein Curryrezept angeblich gestohlen haben. Stimmt das, Maxime?«
»Nein«, stellte Maxime klar. »Das Rezept ist das Ergebnis jahrelanger Experimente und meine persönliche Erfindung. Ich kann es sogar beweisen. Im Safe in meinem Restaurant habe ich sämtliche Aufzeichnungen darüber gesammelt. Alles ist gut dokumentiert und …«
»Na klar!«, unterbrach Arthur ihn höhnisch. »Solche Aufzeichnungen kann man prima fälschen.«
»Ich bin noch nicht fertig«, wies Marie ihn zurecht. »Zurück zu diesem sehr merkwürdigen Vertrag. Maxime würde garantiert nie freiwillig die Anteile an seiner Koch-Fernsehshow an Louna und Arthur abtreten. Ist das richtig?«
»Absolut richtig«, bestätigte Maxime. »Mit der Fernsehshow habt ihr wirklich überhaupt nichts zu tun.«
Zum ersten Mal schaltete sich Louna ein. »Ich weiß gar nicht, worüber du dich beschwerst, Maxime. Du hast den Vertrag völlig freiwillig unterschrieben. Ich habe dich nicht dazu gezwungen und dir sogar geraten, ihn dir gründlich durchzulesen.«

»Ja, das hast du.« Maxime sah seine Exfrau traurig an. »Weil du mich genau kennst. Das ist so was von abscheulich von dir. Schämst du dich gar nicht, mich so zu hintergehen und zu betrügen?«

Lounas coole Fassade begann zu bröckeln. In ihren Augenwinkeln glitzerten Tränen. Anscheinend war sie doch nicht ganz so abgebrüht, wie sie nach außen wirken wollte.

»Sie geben es also zu, dass Sie Ihren Exmann mit dem Vertrag betrogen haben?«, setzte Kim sofort nach.

Louna schwieg und presste die Lippen aufeinander.

»Das werten wir als Schuldeingeständnis«, fasste Franzi zusammen.

Wütend sprang Arthur auf. »So ein Unsinn! Louna hat überhaupt nichts zugegeben. Wir beenden das hier jetzt. Ihr verlasst auf der Stelle mein Restaurant, sonst lasse ich euch rauswerfen.«

»Und wenn wir uns auf den Boden legen? Wenn wir uns weigern und ganz laut schreien, dass alle Gäste uns hören können?«, fragte Marie angriffslustig.

»Dann … dann …«, presste Arthur wütend hervor, bevor er in sich zusammensackte. Plötzlich war er mit den Nerven am Ende. »Das könnt ihr nicht machen! Damit schädigt ihr meinen Ruf als Sternekoch.«

Kim sagte ungerührt: »Ihren Ruf setzen Sie doch selbst aufs Spiel. Geben Sie es zu, dass Sie zusammen mit Louna das Curry nach Maximes Rezept zubereitet haben und es in einem Online-Shop verkaufen wollen.«

»Woher wisst ihr das?«, fragte Louna erstaunt.

Franzi grinste. »Wir haben unsere Augen und Ohren überall.

Die Gläser stehen im Kühlraum. Da wird die Polizei sie finden und sicherstellen.«
»Die Polizei?« In Arthurs Stimme schwang jetzt Panik mit.
»Ja, die Polizei«, wiederholte Kim gelassen, während sie zum Fenster hinaussah.
Das Licht im Raum hatte sich in den letzten Sekunden verändert. Es war blau geworden. Ein Polizeiwagen bremste vor dem Büro. Kommissar Peters und Polizeimeister Conrad stiegen aus. Der Kommissar hatte Kims SMS bekommen und sofort reagiert.
Die Polizeibeamten betraten das Restaurant über den Hintereingang.
»Hier sind wir!«, rief Kim laut.
Kommissar Peters riss die Tür auf. »Keine Bewegung! Sie sind vorläufig festgenommen wegen des dringenden Tatverdachts auf Betrug. Wir weisen Sie darauf hin, dass jede Aussage gegen Sie verwendet werden kann.«
»Ich möchte meinen Anwalt sprechen!«, verlangte Arthur und wollte zum Telefon greifen.
Polizeimeister Conrad hielt ihn zurück. »Das ist natürlich Ihr gutes Recht, aber zuerst kommen Sie mit ins Präsidium.«
Louna gab sich geschlagen. »Das Spiel ist aus«, sagte sie zu ihrem Freund. »Wir geben auf.«
Arthur folgte Louna mit hängendem Kopf. Als Louna an Maxime vorbeikam, sah sie ihm in die Augen, als ob ein Fremder vor ihr stehen würde. Sie sagte kein Wort. Grußlos verließ sie das Büro.
Maxime blieb völlig zerstört zurück. »Warum … warum hast du mir das angetan?«, murmelte er immer wieder.

Marie versuchte ihn zu beruhigen. »Maxime? Wie wäre es, wenn du jetzt nach Hause gehst und dich ein bisschen ausruhst?«
Maxime nickte mechanisch. »Ja, das ist eine gute Idee.«
Die drei !!! verabschiedeten sich von ihm und gingen zu ihren Fahrrädern. Franzi musste herzhaft gähnen und auch Marie konnte ihre Müdigkeit nicht länger verbergen. Es war ganz schön spät geworden.
»Wir haben einen Fall an einem einzigen Tag gelöst.« Kim schüttelte ungläubig den Kopf. »So was hatten wir noch nie!«
»Genau genommen waren es sogar zwei Fälle!«, sagte Franzi stolz.

Das Beste kommt zum Schluss

Kim saß vor dem Kleiderschrank und betrachtete ihr Spiegelbild. Sie trug das neue Wickelkleid mit den bunten Blumen und darunter ihre Lieblingsjeans. Sie sah gut aus, war fertig zum Ausgehen, aber irgendetwas hielt sie davon ab, aufzustehen und hinunter in den Flur zu gehen.

Das Krimi-Dinner vom letzten Samstag und der aufreibende Fall steckten ihr immer noch in den Knochen. Am liebsten hätte sie sich ins Bett gelegt und geschlafen, aber das ging nicht. Heute, eine Woche später, hatte Maxime wieder ins Jugendzentrum eingeladen. Diesmal sollte das Krimi-Dinner zu einem würdigen Abschluss gebracht werden.

»Planschkuh, Planschkuh!« Kims Zimmertür wurde aufgerissen und ihre Brüder stürmten herein.

»Wo bleibst du, Planschkuh?«, rief Ben.

Lukas nahm ihre rechte Hand und versuchte, seine Schwester vom Boden hochzuzerren. »Wegen dir kommen wir noch zu spät.«

Die Zwillinge waren der zweite Grund, warum Kim sich nicht darum riss, ins Jugendzentrum zu gehen. Die beiden hatten so lange gebettelt, bis Kim ihnen endlich erlaubt hatte, gemeinsam mit Pablo mitzukommen. Den Wunsch hatte sie ihnen schlecht abschlagen können. Schließlich hatten Ben und Lukas ja tatsächlich einen Anteil an der Lösung des Falls und eine Belohnung verdient.

»Nervt mich jetzt bloß nicht!«, stöhnte Kim. »Ich komm ja schon.« Sie schüttelte Lukas ab und stand auf.

Kim, Ben und Lukas gingen zu Fuß zum Jugendzentrum. Auf dem Weg dorthin rannte Pablo immer wieder ein Stück voraus, um gleich noch mal umzukehren und seine Familie stürmisch zu begrüßen, als ob er sie wochenlang nicht gesehen hätte.

»Ja, ja, du bist der Beste!«, rief Ben lachend.

So ging es weiter, bis sie am Jugendzentrum angekommen waren. Sie betraten den kleinen Aufenthaltsraum.

Gleich neben der Tür saß Fabian. »Hi, Kira!«, sagte er scherzhaft.

Sein Freund Gero grinste dazu.

Kim verdrehte die Augen. »Hallo, ihr zwei. Auch wieder hier?« Ohne eine Antwort abzuwarten, ging sie an ihnen vorbei und steuerte auf Franzi und Marie zu. Ihre Freundinnen hatten ihr einen Platz frei gehalten.

»Du bist ja schon wieder zu spät.« Marie grinste. »Eigentlich ist das mein Vorrecht.« Sie umarmte Kim, und Franzi klopfte ihr auf die Schulter.

Kim lehnte sich gelassen zurück und warf einen Blick in die Runde. Johanna und Helene freuten sich offensichtlich, sie zu sehen, und winkten. Kim lächelte ihnen zu.

Maxime wartete auf den letzten Nachzügler. Dann stand er auf und begrüßte die Teilnehmer. »Schön, dass ihr hier seid und es mir nicht übel nehmt, dass ich das Krimi-Dinner letzten Samstag so abrupt beenden musste. Es ging leider nicht anders und ich möchte mich noch mal bei euch entschuldigen.«

»Schon gut«, sagte Lena. »Hauptsache, wir erfahren heute endlich, wer den ersten Preis gewonnen hat.«

Daran hatte Kim bei der ganzen Aufregung um Arthur und Louna gar nicht mehr gedacht, aber jetzt war sie natürlich auch neugierig.
Maxime machte es spannend. »Bevor ich den Gewinner oder die Gewinnerin verkünde, möchte ich euch die Rätselergebnisse präsentieren. Aber zuerst mal ein dickes Lob an euch alle. Ihr habt toll mitgemacht.« Er raschelte mit den Fragebögen, die jeder nachträglich ausgefüllt hatte. »Die Entscheidung war nicht leicht für mich. Eure Beweisführungen sind wirklich beeindruckend.«
In den nächsten zwanzig Minuten fasste er die Ergebnisse der Teilnehmer zusammen. Dann legte er eine Kunstpause ein. »Tatsächlich haben nur drei Personen eine komplett lückenlose Beweisführung abgeliefert. Eine von ihnen hat eindeutig die Hauptarbeit geleistet und deshalb ist sie auch die Gewinnerin des Abends. Ich spreche von niemand anderem als der cleveren – Kim Jülich!«
»Bravo!«, jubelten Franzi und Marie.
Auch die anderen Teilnehmer begannen zu klatschen. Kim hörte ein lautes Rauschen ihrem Kopf. Verwirrt blickte sie sich um. Was war gerade passiert? Konnte es wirklich sein, dass sie die Gewinnerin des Krimi-Dinners war?
Maxime trat auf sie zu. »Herzlichen Glückwunsch, liebe Kim! Ich gratuliere dir zu diesem großen Erfolg.« Er schüttelte ihre Hand und drückte sie so fest dabei, dass Kim es endlich glauben konnte.
»Ich habe noch eine letzte Aufgabe für dich«, sagte Maxime. »Du darfst die Fingerabdrücke von der Tatwaffe abnehmen, falls welche drauf sind.«

Kim nickte. Jetzt hatten Ben und Lukas ihren großen Auftritt. Die beiden hatten Kim das Versprechen abgerungen, die Fingerabdrücke abnehmen zu dürfen. Sie holten das Fingerabdruck-Set aus Kims Rucksack und legten sich alle Utensilien zurecht, die sie brauchten. Nachdem sich Kim und die Zwillinge dünne Gummihandschuhe übergestreift hatten, um keine zusätzlichen Abdrücke zu hinterlassen, konnte es losgehen. Kim nahm vorsichtig den Stabmixer mit dem Messeraufsatz am oberen Ende in die Hand. Sorgfältig bepinselte Ben den Griff mithilfe eines feinen Marderhaarpinsels mit Rußpulver.
»Und? Wie sieht es aus?«, fragte Franzi gespannt.
»Ich hab den Abdruck eines rechten Daumens gefunden!« Lukas nahm ein Stück Klebeband, legte es auf den Griff und zog es wieder ab. Nun hatten er den Fingerabdruck gesichert und musste ihn nur noch auf Spezialpapier kleben. Anschließend drückte Kim ihren eigenen Daumen auf ein Stempelkissen und platzierte den Abdruck auch auf das Spezialpapier. Konzentriert betrachteten alle die Linien der beiden Daumenabdrücke.
»Sie sind identisch«, konnte Kim zweifelsfrei feststellen.
Maxime überprüfte das Ergebnis. »Das stimmt. Kira war also die Mörderin – nur in unserem Spiel natürlich!«
Als das Wort »Mörderin« fiel, zuckte Kim kurz zusammen. Es war immer noch kein gutes Gefühl, so genannt zu werden, auch wenn es nicht real war. Schnell gab sie Maxime den Stabmixer zurück. Sie wollte das Tatwerkzeug keinen Augenblick länger als nötig in der Hand halten.
»Damit ist auch geklärt, dass Kira kurz vor der Tat ihren

Handschuh in der Speisekammer verloren haben muss«, fügte Marie noch hinzu.

Kim nickte. »Ja, die Schlussfolgerung habe ich auch schon gezogen.«

»Herzlichen Glückwunsch noch mal!«, sagte Maxime. »Und hier ist dein Preis: Du bekommst einen Gutschein für einen Abend, an dem ich zu dir nach Hause komme und in der Küche für dich, deine Familie und Freunde koche. Das wird eine ganz exklusive Küchenparty.« Er überreichte ihr einen handgeschriebenen Gutschein, der mit einem roten Siegel versehen war.

Kim nahm den Gutschein entgegen. »Danke, vielen Dank!« Endlich konnte sie sich richtig freuen.

»Warte, das muss ich festhalten!«, rief Franzi aufgeregt und schoss ein Erinnerungsfoto mit ihrem Handy.

Kim hielt den Gutschein hoch und lächelte. Johanna und Helene wollten auch unbedingt Fotos machen. Andere folgten ihrem Beispiel. Schon stand Kim wieder im Blitzlichtgewitter.

»Das reicht!«, protestierte sie irgendwann lachend.

»Toller Preis!«, sagte Marie. »Ich gehe davon aus, dass du uns zur Küchenparty einlädst, oder?«

Kim tat so, als müsste sie sich das erst noch gründlich überlegen. »Hmm … mal sehen. Wenn ihr in nächster Zeit besonders nett zu mir seid, vielleicht …«

Franzi machte ein erschrockenes Gesicht, bis sie merkte, dass Kim sie auf den Arm genommen hatte. »Du bist echt unmöglich!«

Die drei !!! sahen sich an und brachen gleichzeitig in einen

Lachanfall aus. Kim hatte sich als Erste wieder einigermaßen unter Kontrolle und wischte sich die Lachtränen aus den Augen.

Da stand plötzlich Fabian vor ihr, umringt von den anderen Teilnehmern. »Ich wollte dir noch was sagen, im Namen von uns allen. Also … äh …«, er räusperte sich verlegen, »es tut uns leid, dass wir so blöd zu dir waren. Keine Ahnung, was da mit uns passiert ist. Anscheinend haben wir Spiel und Wirklichkeit durcheinandergebracht. Entschuldige bitte!«

Kim war platt. Fabian sah richtig zerknirscht aus und auch die anderen schienen nachträglich ein schlechtes Gewissen zu haben.

Kim brauchte ein paar Sekunden. Dann gab sie sich einen Ruck. »Mir ging es ja genauso wie euch. Die Entschuldigung ist also angenommen!«

»Danke!« Fabian strahlte sie an.

Kim wusste, dass sie auch in Zukunft mit Fabian, Gero und den anderen wohl nie richtig dicke Freundschaft schließen würde, aber das war auch nicht nötig. Schließlich hatte sie ja schon zwei Freundinnen, denen sie hundertprozentig vertrauen konnte.

Auf einmal knurrte Kims Magen. Jetzt, wo die Aufregung nachließ, meldete sich der Hunger. »Gibt es heute eigentlich auch was zu essen?«, erkundigte sich Kim.

Marie lachte. »Das ist echt typisch Kim! Keine Sorge, es gibt gleich was. Stell dir vor, Maxime hat unser Menü extra noch mal für uns gekocht. Ein paar Mitarbeiter aus dem Jugendzentrum haben ihm dabei geholfen.«

»Das ist ja super«, sagte Kim. Diesmal würde sie das Essen

richtig genießen können. Rasch packte sie ihr Fingerabdruck-Set wieder ein, da ging plötzlich die Tür auf und Michi kam herein.

Kim machte vor Freude einen Luftsprung. »*Du* bist hier? Das gibt's ja gar nicht!«

»Doch, das gibt's.« Ben grinste von einem Ohr zum andern. »Wir haben Michi heimlich eingeladen.«

»Zum Glück hat er dichtgehalten und dir die Überraschung nicht vorher verraten«, sagte Lukas.

Kim und Michi liefen gleichzeitig los. In der Mitte des Raums versanken sie in einer langen Umarmung.

Kim wurde rot. »Komm, lass uns rübergehen. Hast du auch schon Hunger?«

»Wie ein Bär!«, gab Michi zu.

Hand in Hand gingen sie hinüber zum Esstisch. Die Tafel war wieder festlich gedeckt. Auf jedem Platz stand schon ein Glas mit grünem Fruchtcocktail, den Maxime diesmal nicht erst zum Nachtisch vorgesehen hatte. Der Koch trug mit ein paar Helfern die Tomatensuppe auf. Alle setzten sich und griffen zu ihren Cocktailgläsern.

»Auf unser Krimi-Dinner!«, sagte Maxime. »Im zweiten Anlauf hat es doch noch geklappt. Ich wünsche uns einen wunderbaren Abend. Prost!« Nach dem Anstoßen hörte man eine Weile nur das Klappern der Suppenlöffel.

Die Suppe, der Salat und das Hähnchen schmeckten Kim unglaublich gut. Die Portionen waren so groß, dass sie gar nicht alles schaffte. Als Pablo das mitbekam, stand er sofort neben ihr und sah sie mit seinen kaffeebraunen Augen sehnsüchtig an.

»Auch heute bekommst du nichts von unserem Essen!« Kim kraulte Pablo tröstend hinter den Ohren.
Pablo ging weiter von Platz zu Platz. Aber er fand niemanden, der ihn fütterte.
Irgendwann schritten Ben und Lukas ein. »Das reicht, du hast genug gebettelt«, sagte Lukas streng.
Ben klopfte auf seinen Oberschenkel. »Komm her. Platz!«
Es dauerte eine Weile, bis der Hund das Kommando seines Herrchens befolgte. Doch schließlich trottete er brav zu Ben und Lukas und legte sich zu ihren Füßen auf den Boden.
Kim nahm den letzten Bissen von ihrem Schokoladenkuchen und ließ ihn auf der Zunge zergehen. Vom Nachtisch würde sie noch weniger etwas an Pablo abgeben wollen, der gehörte ihr ganz alleine.
Michi legte den Arm um sie. »Ich bin so stolz auf dich. Du hast den Preis gewonnen und schon wieder einen Fall gelöst. Wahnsinn!«
»Dieses Mal war es wirklich schwer für mich, und ohne Franzi und Marie hätte ich das nie geschafft!« Kim warf ihren Freundinnen einen dankbaren Blick zu.
Franzi lächelte ihr zu, aber Marie war gerade mit anderen Dingen beschäftigt.
Elias, der beim Krimi-Dinner den ältesten Sohn Theo gespielt hatte, wollte wieder mit Marie flirten. »Weißt du, was das Tolle an dir ist? Du bist schön, du bist intelligent – wir passen perfekt zusammen!«
»Ist das so?« Marie kräuselte die Lippen und ließ das Kompliment an sich abperlen. Dann klingelte ihr Handy. »Entschuldige bitte, das ist mein Freund«, sagte sie und drehte

Elias den Rücken zu. »Hallo, Holger! Das ist ja lieb von dir, dass du anrufst. Ob du störst? Nein, gar nicht!«
»Nein, gar nicht«, murmelte Elias enttäuscht und kratzte mit der Kuchengabel die Krümel auf seinem Teller zusammen.
Kim konnte sich das Grinsen nicht verkneifen. Sie hatte kein Mitleid mit Elias. Es war natürlich Pech für ihn, dass er bei Marie nicht landen konnte, aber er würde mit Sicherheit darüber hinwegkommen.
Kaum hatte sie den Gedanken zu Ende gedacht, als auch ihr Handy klingelte. »Da muss ich kurz rangehen«, entschuldigte sie sich bei Michi. »Hallo, Kommissar Peters! Gibt es schon erste Ergebnisse bei den Ermittlungen? Klar bin ich gespannt! Arthur und Louna werden auch im Ausland wegen anderer ähnlicher Betrügereien gesucht? Irgendwie wundert mich das nicht.« Sie lauschte eine Weile. »Ja, das richte ich Franzi und Marie gerne aus. Tschüss, schönen Abend noch!«
Im selben Moment hatte auch Marie ihr Gespräch mit Holger beendet. »Was sollst du uns ausrichten?«, wollte sie sofort wissen.
Kim strahlte. »Dass die drei !!! tolle Arbeit geleistet haben. Kommissar Peters meint, wir hätten uns wieder mal selbst übertroffen.«
»Das haben wir auch!«, fand Franzi.
Stolz sahen sich die drei !!! an. Sie waren nicht nur ein tolles Team, sondern auch allerbeste Freundinnen!

Drei Detektivinnen im Großstadtdschungel

Mira Sol
Die drei !!! 22: Jagd im Untergrund
144 Seiten
Taschenbuch
ISBN 978-3-551-31848-0

Die drei !!! können ihr Glück kaum fassen: Sie nehmen an einem Theater-Festival in Berlin teil. Eine Woche Theater, Shoppen, Nachtleben – Hauptstadt-Feeling pur! Doch kaum angekommen, erwartet sie auch schon ihr nächster Fall. Die Bewohner eines alternativen Szeneviertels sollen angeblich von einem skrupellosen Immobilien-Hai aus ihren Häusern vertrieben werden. Doch bei genauerem Hinsehen kommen Kim, Franzi und Marie einem ganz anderen Verbrechen auf die Spur und tauchen ein in die geheime Berliner Unterwelt …

CARLSEN

www.carlsen.de